DAS SEEBÖCKBUCH

Die Deutsche Bibliothek – CIP-Einheitsaufnahme

Seeböck, Herwig:
Das Seeböckbuch / [Herwig Seeböck]. –
Wien : Hollinek, 1991
ISBN 3-85119-243-5
NE: HST

ISBN 3-85119-243-5

Herwig Seeböck über sich selbst:

das Kind, das ich bleiben wollte, versuchte ich in einem großen Körper zu verstecken. Ich wußte zu diesem Zeitpunkt nicht, daß : „Je größer der Körper, desto größer die Fläche für Treffer". Dies sollte ich merken. Ein Ausgang des Labyrinths endete auf einer Bühne. Man konnte mir zusehen. Bisher sah mir keiner zu. Daß man mir zusah, fand ich aufregend. Ich wurde Rollenträger. Später hatte ich eine Auseinandersetzung mit einem bewaffneten Österreicher. Man brachte mich ins Gefängnis. Ich lebte mich daselbst schnell ein, es war wie in der Schule. Ich lernte viel. Damals entstand ein Theaterstück. Dieses machte mich berühmt. Ich referierte über die Gesellschaft und das, was sie verdrängt und versteckt. So kam ich ans Schreiben. So kam ich ans Malen und ans Denken. Ich liebe den Dialekt der Menschen. Ich versuchte, trivial, einfach, einfach zu erfinden, zu schreiben. Das kann man mißverstehen; damit rechne ich. Ich male nicht mehr, oder selten, ich suche nach einem Weg. Es dauert so lange, bis man ein richtiges Kind wird. Unfolgsam und einsam, mit einem Haus auf dem Mars. Ich hoffe, es wird mir gelingen. Jetzt werde ich langsam Schauspieler, ich entdeckte eine vergrabene Stadt und bin emsig dabei, diese freizulegen. Schreiben hilft mir, zu reisen, zu klettern, zu fliegen. An irgendeiner Seite von mir steht meine Frau.

Eigentlich sollte ich über sie weit mehr schreiben, als über mich, aber sie wollen meinen Lebenslauf. Vier Kinder sind um mich. Ich versuche, sie nicht zu dressieren . . .

Inhaltsverzeichnis

KABARETTKLASSIKER

SZENEN UND SKETCHES

THEATERSTÜCKE

KABARETTKLASSIKER

DIE GROSSE HÄFENELEGIE

Erlebt und geschrieben

Im Namen der Republik verurteile ich Sie zu viereinhalb Monaten schweren Kerkers, verschärft durch ein hartes Lager und einen Fasttag während der Strafzeit.

Das war der Anfang. Aber es beginnt nicht überall so.

Zum Beispiel schreibt eine Wiener Zeitung vom 20. Dezember 1964. Weil er eine Wut auf die Polizei hatte, wurde der 25jährige Walter R. renitent, der Effekt war, daß die Polizei ihn und seine beiden Zechgenossen ins Wachzimmer bringen mußte. Walter R., mit ihm Franz Z. und dessen Schwester Christine M. waren spät von einer Heurigenpartie gekommen und machten sich auf die Suche nach einem Taxi, sie stiegen ein, der Lenker war aber nicht zur Stelle, Franz Z. schrie laut nach dem Fahrer. „Was schreins denn da mitten in der Nacht?" erkundigte sich der Polizist Franz L., der auf seiner Runde vorbeikam. Walter R. schrie nun den Beamten an „Gengans da weg, i will, daß mein Freind nix gschicht." Christine M. griff in das Geschehen ein und rief: „Es Fuffzehnhundertschillingmandeln, halts de Goschn oder ich schlag euch min Regenschirm!" Wir haben uns einfach nicht mehr zu helfen gewußt, erklärte Polizist Franz L. bei der Verhandlung. Die Dame ist mit dem Regenschirm auf uns losgegangen, alle drei haben geschrien und geschimpft und um sich geschlagen. Landesgerichtsrat Dr. Stuchlik verhängte über Walter R., der schon 25 polizeiliche Vormerkungen und drei gerichtliche Vorstrafen hat, 300 Schilling Geldstrafe. Franz Z., als der Hauptübeltäter, bekam 600 Schilling und Christine M. 500 Schilling Strafe. Und wie war das bei mir?

Viereinhalb Monate schweren Kerkers, verschärft durch ein hartes Lager und einen Fasttag während der Strafzeit.

Erstauflage: Winter-Verlag, Salzburg.

Bei dieser Gegenüberstellung beginnt der Glaube an die Justiz zu verblassen.

Da betrat ich meine Zelle. Einer meiner neuen Gesellschafter fragte mich: „Was bist von Beruf?"

„Schauspieler!"

„Schauspieler bist, bei de Koin muaßt sei, wei wannst net bei de Koin bist, bist ka Mensch, i bin immer bei de Koin. Mi interessiert nix anders wie de Koin. Lauter so Leit schickens da eine, Schauspüla, Inschineere, Kaufleit und so, überhaupt kaa Ansprach . . . Schauspüla herst." Da kam ein anderer Genosse.

Was hast denn da fir a Feierzeig . . . herst, des Feierzeig . . . des Feierzeig, na tschacha ma herst . . . des Feierzeig, a Bindl Hei. Na an Tabak, du Trottl. Dann begann meine Besserung. So eine Besserung geht folgendermaßen vor sich, man kommt in einen kleinen Raum, dort sitzt ein Besserer, ich meine ein Beamter.

Seebek . . . Seeb . . . a saan eh da, was meldens Ihner net . . . also, Sie miassn jetzt arbeiten, weu arbeiten miassens, des is Ihna ja klar. Was sans? Schauspüla sans, kennens a manuelle Arbeit . . . kennans Ihnar aus in der Landwirtschaft? Ja, guat . . . fahrns nach Schwarzau . . . scheene Gegend, Schwarzau, wanns Ihna net auskenna und mi anglogn ham, kummans eine in Keller, weu anliagn laß i mi net . . . ja, guat . . . ab.

Also kam ich nach Schwarzau in Schwarzau an der Schwarza . . . eine bunte Gegend.

Dort wurde ich mit folgenden Worten empfangen.

Kummts eine da. Also, ihr seids jezz hierhergekommen, weil mir sin eine Elitetruppe. Seeböck, fir Ihna hamma kaa Theater da . . . am Heiboden kennans schpüün, wanns woin, ehhhehe . . . arbeiten miassts pfleissig, weu mir zaagn eich, wia ma mit der Gaas ackert . . . mir sin ein Aareareal hier . . . davonrenna kennts, aaaber i sag eich ans, ehehe . . . es kummts net weit.

Also da hamma . . . Meier Stube zwei . . . Müller Stube drei . . . Seeböck Stube acht . . . ab.

Ab diesem Zeitpunkt gehörte ich also zur Elitetruppe.

Da lautete die Frage eines meiner neuen Gesellschafter.

Wie haast du?

Herwig!

Was is des?

Das ist ein Vorname, das ist nordisch!

Nordisch? Bei mir haast Franz.

Also verbrachte ich meine Tage in Schwarzau als Franz.

Diese Tage sehen alle gleich aus. Z. B. Arbeitseinteilung. Die sieht so aus . . . man läuft in den Hof . . . stellt sich dort hin, ein Justizwachebeamter kommt aus dem Wachzimmer, und dann passiert folgendes.

Ans zwa drei vier fünf sechs sieben acht neun zehn elf zwölf.

Schrei Mazin Hausrein . . . Schtall Kesselhaus . . . Trakt . . . Schloß Tischl . . . zwaa Maurer . . . Blum . . . Gatnerei . . . 12345 Troh

Das heißt: Schreiber Magazin, Hausreiniger, Stall, Kesselhaus, Traktor, Schlosser, Tischler, Blumengärtnerei, Gärtnerei, Stroh . . . Ich war „Stroh". Ich konnte mich dort nicht aufs Stroh legen . . . Es ist nicht möglich, eine kleine Pause zu machen, weil man sofort von einem netten Aufseher mit den Worten angefeuert wird: „Arbeit nur Seeböck, griagst wieder starke Muskeln, kannst wieder an oanadachzger zsammdrahn."

Um halb fünf Uhr ißt man zu Abend, und dann hat man die Möglichkeit, zu lernen. Man läßt sich seine Bildungslükken gern von einem Experten füllen. Z. B.

Wieso ist de Wölt rund? Kann genauso flach sein.

Ich sage nur Hohlweltorie. Net!

Nein, Fritz, schau, wenn du von hier ein Flugzeug wegschickst und das fliegt immer geradeaus . . . also immer geradeaus . . . dann muß es wieder hierherkommen . . .

„Der biegt irgendwo ab."

Nein, der biegt nicht ab, weil die Welt eine Kugel ist . . . schau, würdest du von hier immer geradeaus durchgraben, so müßtest du in Neuseeland wieder ans Tageslicht kommen . . .

Hast scho grabn?

Ich nicht, aber die Wissenschaftler . . . haben bewiesen.

De Gelehrten . . . de Gelehrten, de gram iwerhaupt net, weu des san faule Hund . . . des is genauso, wann aner sagt, am Mond saan kaane Menschen, aber der was die Utopa schreibt . . . i maan des saan ja a kaaane weh . . . des saan gnauso gstudiert wie du . . . weu da kann i dir vualesen . . . na, paß auf . . . na wart, da habe da, kann i da, mei liawa. Essazamond . . . essazamonzit . . . essazamonzitt . . . lefesendiemiranen sondnichts . . . na min gram wann des a Kugl is und der grabt da awe . . . wann der in der Mitten is, da muass er ja dann so gram . . . und wann er unten is, fliagt er ausse . . . na da kann i der da hab i da kann i dir, na, paß auf, mei liawa. Essazamond . . . essazamonzitt . . . esazamnd . . . Lebewesen, die mir anen sondnichts . . . pfesa asndadee tsag pfeanztantztamztoff . . . der Tee, mei liawa . . . da Wehmei liawa . . . lemdsdingungen empfan dez geb . . . Lefesen dsin . . . i hab dirs ja glei gsagt, du Trottel. Des is wie mit de Flugzeig, da reds a allaweu und wissen duats an Dreg. Grabts zerscht owe und dann reißts de Goschn auf, und daß an Mond leid saan, des hab i ida jezz vurglesen, weu mit deiner Gstudierterei kannst di in Rettich haun. Wannst wüsst.

Wieder ein wißbegieriger junger Mann mit einem Kreuzworträtsel.

Herst, paß auf, wie haast der Erich Kästner in Italien?

Ich habe gesagt, der Erich Kästner heißt in Italien genauso wie bei uns Erich Kästner.

Na, na, des is z lang, des geht net eine.

Ich las. Initialen von Erich Kästner.

Da warf ein anderer Zellengenosse ein Rätselmagazin unters Bett. Aso a Schaas, was de da eineschreim . . . wer was denn des . . . de Hund de verlausten de grauperten de ölendichen . . . Epos von Hommer . . . we waas des dader

Epos von Hommer. Wissen Sie, was das ist Eppoß von Hommer? Ilias ein Epos von Homer.

Der Richter: Es wird Ihnen eine Lehre sein.

Auf den ersten Blick ist eine Strafanstalt nicht mit einer Volkshochschule zu verwechseln. Nur manchmal konnte man dort wirklich einiges lernen. Heast vier Maunat hast du fir dein anerdachzger packt des is a Wahnsinn weu weu mei ersts Schmalz des war a a Anerdachzger da habi grissen habi na zwaa Maunat, nau, und du bist ja a Weh und ich bin ja ein Geschäft fir den Schdaad, i arbeit ja was da, i geh ja in Jahr dreimal Mülle du net wei du bist a Feinspitz. Na ja guat, des erste Mal wie i Mülle ganga bin des war in 56er Jahr, da sammains Waldviertel zogen . . . i hab durt gwohnt drei Wochen hams iweraoi einbrochen . . . dabei hab ja i de Hacken wirkli net gmacht . . . die Gendarmerie hat mi Meier gmacht na kumm auf gegen de Trotteln . . . da habi grissen drei Monat da bin i damols mit der weihnachtsnstie . . . Snstie net da bin i haamganga . . . drei Wochen speter bin i schon wieder eingfahrn . . . Betrug . . . i hab aan Anzug verdraht, der hat net mir ghert . . . na guat dann bin i zerscht gnozzd drei Wochen in u haft, gnozzd wirkli bin ich dann nur mehr den Rest von dera Weihnachtsnstie . . . zwaa Wochen. Guat jezz bin i halt wieder da . . . Kerndlhacken . . . Kerndlhacken kennst di net aus min Ziaglschdaa . . . paß auf, i mach mir ein Packerl . . . verstehst net schick . . . Ziaglschdaa eine . . . nett . . . schwaa . . . geh bein Juwelier vorbei hau d Scheiben ei . . . fall glei nach glezl was i derwisch und lass mi owe. Unauffällig, jezz bin i halt Mülle ganga . . . na guat jeder Beruf hat seine Licht- und Schattenseiten . . . klar net weu wanni aussekumm jezz, mach i glei wieder a Hacken . . . is eh a schene Hacken e, hett i eh schon gmacht wann i net bei dera Kerndlhacken Mülle ganga war. I kann eich allaweu nur sagen, essaz Weh undi bin a Gschäft. Und iwerhaupt bein Gericht wann i durten sitz, i waas ja was der mir fir a Schmalz geben derf und des waas der aa, daß i waas. De schdengan net auf solche Leit wie essaz, da, oberster Gerichtshof Berufung und so. Arbeit machen . . . i net weu goschert sei in Österreich schteht, weu wannst goschert bist wirst zdruckt wiara Banana. Glaub ma des Franz wannsdt wieder amoi Mülle gehst, halt di an mein Rat, weu i waas mehr über die Justiz wie de Trotteln de Rechtsanwälte. Arbeiten tua i nix mehr, weu des zahlt sich für mich überhaupt net aus. Weu wann i am Bau geh verdien i fünf Hunderter in der Wochen (damals) dann kummans pfänden Haftkosten net, drei Hunderter . . . na dann bleim ma zwaa hasse Kilo in der Wochen. Dann kummens no amoi Alimente wieder a Hunderter, na a hasser Kilo in der Wochen na da miassat ja mei Herz a Verbrecher sein wann i da no was arbeitert. Sixt des ei Franz. Na schuld dran ist die Lenerl mei gschiederne Frau net . . . de Lenerl die Sau de ich mein sie war eine anständige Frau . . . de hat Gschrappen wollen und jezz kann i fir de Bankerten brennen und net wenich. Na, ja guat jezz dann hamma gheirat net, samma aussezogen ins Waldviertel hats a Haus ghabt, habi ihr glei verdraht, hamma ghabt Hasen Hendln, hab i glei alle gfressen, garbeitet habi nix weu de Marie hats miassn abliefern wanns irgendwas gsagt hat KAANE Hasen kaane Hendeln da net hats glei ihre Fotzen ghabt . . . kalt und warm. I habs aufzogen bei die Uhrwascheln und habs orenna lassen wiaran Wecker. Na jezz wiaris dritte mal Meier ganga bin hat sasie scheiden lassen die Lenerl . . . und was is jezz . . . jezz gehts am Schdrich . . . hats ja gut gehabt bei mir . . . hat ja alles machen kenna mit die Hawara war nie eifersüchtig . . . Marie hats aliefern miassn . . . eh klar, weu bei mir net weu ich bin ja ein Herr . . . kalt und warm.

Ein anderer Zellengenosse hat mich eingehend über die Vorgänge in der heiligen Messe unterrichtet, der er beim sonntäglichen Kirchgang beiwohnen konnte.

Waast Franz, i geh gern ind Kirchen . . . wirklich?

Warum denn?

I gneiss erm allaweu o wann er tschechert.

Wer tschechert?

Nau der Pfarrer . . . na paß auf, da hat er aan Tisch, aber net so wie der, a Tisch mit Gold und so . . . so Tisch . . . na und da hat er a Trum wo der Herrgott drin is . . . na und dann nimmt er des Trumm und dann zagt er in Herrgott umananda . . . na und dann hat er zwaa Glasln net, und da schitt er a Wasser eine . . . aber des tschechert er net . . . weu der is ja net deppert . . . er hat nemli in an Kanderl daneben . . . daneben da hat er in Wei . . . nau und dann nimmt er des Kanderl und dann leiten de zwaa Baner die was vurn knian und dann sagt er des, waast eh des, Gumminus wo bist du . . . und dann, dann schaut er ob niemand schaut . . . na und dann draht er si um und dann haut ern owe. Is a Hund mei liawa der is net deppert. Na und der Schluß is dann so . . . da gengan die ganzen Katzn fire weu de Kirchen is in Weiberhefen . . . da gengan de ganzen Katzen fire und da furn is sowas wie in Gerichtssaal, durt knien sa sie nieder, reissen de Goschn auf und griang a Tablettn.

Der Richter: Es wird Ihnen eine Lehre sein.

Der Samstag ist der Unfallverhütung gewidmet. Ein Justizwachebeamter tritt vor die versammelte Häftlingsbelegschaft und erhebt mahnend seine Stimme, daß sie laut über den Hof tönt.

Mir kennen es euch nicht oft genug sagn, bein arbeiten muaß ma aufassen net . . . wei es kommt immer wieder zu Umfälle . . . am pferlichsten sind die Unfälle mit die Gabeln. Eine Gabel ist kein Spielzeug nicht . . . kann ma net afoch am Wogn auffeschmeissen. Is glei was passiert, wann man dann schaut was passiert is, sicht ma, daß ein Umfall passiert is. Net. Des is . . . da war vor vier . . . vier Monat war a Installanteur do . . . der hot a Gowe am Wagn auffegschmissen die hat sie umdraht is owe is eine . . . Aug, Gsicht net . . . was is wenn einer von eich sein Licht verliert. Es griagts nix dafuur . . . des is wie mitn Brand. Dichter hat einmal gesagt das Feier is eine wohllistige Macht . . . hat gewußt warum . . . weu brenna tuats glei. Wann dann einer derwischt wird sind das Jahre für die Wachau . . . Stein an der Donau. Wann i aan derwisch in der Halle mit aan Tschik Ablöse, Anzeige, wei ich bin hart . . . i war zwar bein Millinteer nur ein Gfreiter . . . aber Ordnung muß sein . . . aber ihr, ihr seids, ma red ja mit eich wie mit der Luft, oder wie zu der Mauer . . . ja das Vieh . . . wie das Vieh in letzter Zeit behandelt wird, ist ein Skandal . . . de Kia schtengan bis zu die Knia im eigenen Dreck da werd ich jezz einmal kräftig hineinfahrn verschtanden. In den Waschraum schauts aus wie bei die Sei . . . ihr wollts immer eine Behandlung . . . wenn ihr eich dementsprechend nicht benemts dirfts ihr eich nicht wundern wenn ihr keine Behandlung nicht habts. In den Stuben wird sauber gemacht weil hinten liegt der Lurch . . . ich klezl heit in alle Betten eine . . . wehe wann i wo a Flankerl Dreck sich . . . mach ich einen Budenzauber . . . es is eicha Gsundheit. (In diesem Moment erblickte er seine Frau am Fenster des gegenüberliegenden Beamtenwohnungshofes.) Es glaubts mir machen eich in Weh . . . da seizz am Holzweg . . . es herrscht Grußpflicht wie beim Barras . . . wei nur durch Züchtung kann der Mensch ein Mensch wern . . . aber es seizz kaane Menschen es seizz ganz gwenliche Zichtling . . . Nummern sazes. (Die Frau verschwand vom Fenster.) Seizz gscheit. Es . . . habts nix davon . . . ja apro . . . schreibts net eine in de Briaf bring ma a Schtelzen oder a Schnitzel s verboten wenn der Brief einmal an eine Schtelle kommt . . . wann der Brief einmal an eine Stelle kommt . . . die was dafir ist wie man so sagt . . . kopulent is is aus min hawern . . . is no was . . . ja, schreibts keine Gsiberln zu die Weiber . . . es werds aufgeregt sexüll net und die hat dreimal die Läng und kummt net ins Drittel. Seids menschlich zu die Genossinen. Fragen? Nix . . . halberviere ist Zimmerdurchgang . . . ab.

Der Richter: Es wird Ihnen eine Lehre sein.

Die Aufseher waren so ziemlich der einzige Kontakt zur sogenannten Freiheit. Was mir diese, die Freiheit, weniger erstrebenswert machte, war die Tatsache, daß die Aufseher in eben dieser Freiheit „frei" zu sein scheinen und überdies das aktive und zugleich passive Wahlrecht genießen!

Es gab aber einen anderen Kontakt zur Freiheit, zur Außenwelt. Ein Brief pro Woche. Dieser Brief unterlag einer Zensur. Es war aber auch möglich, einen Brief so abzufassen, daß ihn der Zensor garantiert nicht verstand. Ich verwendete zu diesem Zweck Hexameter. Das war ebenso erfolgversprechend wie Ki Suaheli.

In der Eile konnte das Versmaß natürlich nicht stimmen. In Anbetracht des Zensors war mir dies egal. Der Brief klang dann ungefähr so.

Nun bin als Gepönter ich einsam ein Opfer geworden der Büttel. Trifft auch die Schmach dich, Gesponsin, verzeih meiner stürmischen Jugend, die mich in brausender Wallung verleitet zu ruchloser Tat.

Fossile Produkte der Vorzeiten schaufelnd verbring ich die Tage, die endlos mich dünken wie weiland die Fahrt des Odysseus.

Ich hoffe, o Weib, du bist kundig der Verse im attischen Maße, da der Eistel Geheimnis in solcher Weis nur gewährt.

Kein Mensch hier erfaßt die Bedeutung flüssig melodischen Reimes.

Mich aber labt eine Freude, die hoch wie die Türme von Troja.

Ich vernahm, daß der Oskar hierher lenkt sein Automobil.

Die Mutter, die liebe, sie brachte dem Darbenden jüngst eine Stelze.

Die rasch ich verbarg in der pludernden Hose als nahrhaft Geheimnis.

Dieser Brief löste Verwirrung aus, der Zensor stürmte in meine Stube.

Seebeck ... Seebeck ... Seebeck ... mir scheint du bist deppert du Weh du, was schreibst du denn da fir aan theatralischen Brief. Wannst no amoi so aan Briaf schreibst hast aan Schuss, dassd aufgehst wiara Pfingstrosn ... du Hund du ...

Post werma dir verbitten es ist in Gefangenenhaus nur erlaubt Briefe in deutscher Sprache zu schreiben ...

Aber das ist Deutsch ... das sind Hexameter.

Des is mir wurscht. Deutsch leserlich muaß des sein ob des in Gasometer ist oder was anders. A so a Hund so a verlauster.

Eine andere Geschichte, einen Brief betreffend, gabs auch.

Der im folgenden Text genannte Spezi soll nicht denunziert werden, es soll nur im Sinne der angeblichen Chancengleichheit in unserem Lande gehandelt werden. Der Freund hatte wahrscheinlich aufgrund seines sozialen Standes niemanden, der sich seiner angenommen hat.

Er kam zu mir mit einem Wunsch auf den Lippen.

„Herst Franz, kannst ma net an Briaf schreim?"

„Warum soll ich dir aan Brief schreiben, schreib ihn dir doch selber."

„Na waast ich halt nix von schreim und so . . ."

„Kannst du vielleicht gar nicht schreiben, du brauchst dich nicht zu genieren, das ist keine Schand."

„Geh schreim herst schreim herst . . . was haast i kann net schreim . . . herst . . . na!"

„Also wie stelltst du dir vor, daß der Brief geschrieben sein soll?"

„Na paß auf zerscht schreibst dein dich liebender Josef."

„So hört man Briefe auf, so fängt man nicht an."

„I fang allaweu so an . . . aber wanns der net paßt . . . schreibst halt liebe Fini . . . mir geht es gut, ich bin noch immer eingesperrt, du bist nicht eingesperrt, da geht es dir auch gut. Punkt. Renn nicht soviel mit die andern Hawara herum, sonst mach ich dir einen Fahrer wenn ich wieder in Favoriten bin, weil mir kannst du keinen Hund nicht hineindrehn, gestern hat es geregnet, es war ein großer Gatsch bein Arbeiten.

Hochachtungsvoll dein Josef."

So wollten wir den Brief doch nicht abschicken. Ich habe mich erbötig gemacht, den Brief für den Spezi umzuschreiben. Er hatte dann selbst kein großes Vertrauen in seine Formulierungen. Er sagte: „Schreib wasd wüüsd!" Folglich habe ich geschrieben.

Liebe Fini! Da sich nun die Zeit nähert, wo ich wieder von hier entlassen werde, möchte ich noch einige Zeilen an dich richten. Sieh zu, liebe Fini, daß du nicht allzusehr mit anderen Männern herumfliegst, da das doch ein schlechtes Licht auf uns wirft und du keine Unannehmlichkeiten haben willst. Ich kann nicht dulden, daß meine Frau sich so benimmt. Ich denke hier viel an dich, möchte dies nicht nur mit schlechten Gefühlen tun, darum sei nicht töricht und benimm dich, wie es einer Mutter von drei Kindern geziemt. In der Hoffnung auf ein baldiges Wiedersehn, dein Josef.

Der Spezi war begeistert. „Klass wie du des schreibst, töricht . . . wie in die Biachln." Seine Fini reagierte anders.

Mir scheint du bist deppert gewordn in den Hefen, was schreibst du denn fir welche Briefe, wannst no amoi so aan Brief verzapfst, laß ich mich scheiden und damit Schluß. Hochachtungsvoll Fini. Da war dann der Spezi bös auf mich.

Da ich ein Gstudierter war, erhielt ich die Möglichkeit, beim sogenannten Bittransport um Studiererlaubnis einzureichen, diese wurde mir erteilt. So unternahm ich den Versuch, ein Theaterstück zu schreiben, dies war aber eher antimilitaristisch, das hielt aber der Zensor nicht aus, er war ein alter Militär und beim Kameradschaftsbund. Abermals stürzte er lautstark in meine Stube.

Seebeck . . . Seebeck . . . Seebeck . . . a Pazifik . . . was des fir a Mensch is a Pazifikmensch wann da in Österreich aner draufkummt einer der was sein Pfatterland net verteidigen will . . . ein Pferreter is des, ein Pazifikmensch . . . du hettst beim Adolf sein solln. Der hett dir gern a Pazifik sein, da wamma ganga gemma gemma an die Wand . . . a Pazifikmensch . . . na wart nur bis de Blunzen wieder verkehrt gfüllt is . . . Pazifik sein . . . beim Antreten steht er a immer so mit verschränkte Arm umeinander . . . net amal grad stehn kann er aber ein Pazifik sein will er . . . Pazifikmensch . . . Pazifikmensch.

Darauf einer meiner lieben Zellengenossen.

Beim Hitler hettens di schon vergast. Du Sau.

Die Freizeitbeschäftigungen sind mannigfaltig gewesen. Besonders nachdem am Abend „ogjankert" (die Zellentür verschlossen) war. Eine der Hauptbeschäftigungen nach Torschluß war das Tätowieren, das sogenannte Pecken. Bald hatten die tätowierenden Genossen herausgefunden, daß ich ein wenig zeichnen konnte, so blühte bald ein für mich sehr einträglicher Handel. Man ist zu mir gekommen, hat seine Wünsche geäußert. Tauschgeschäfte vorgeschlagen. „Herst paß auf zeichen mir a Vorpeckerl a Bindl Hei fünf Schpän." Vorpeckerl ist eine gezeichnete Vorlage für das Tätowieren. Die Motivwahl war oft eine sehr merkwürdige. „Verstehst ahn Grabstan, daneben a Kerzen die was brennt und ganz in Hintergrund a Gitter."

„Heast kannst an Löwen zeichna verstehst so aan Löwen wie er grad durch a Feier happt. Oder."

„Franz zeichne mir a Vorpeckerl, wie is in Kino gseng hab in Film Spartakus . . . die Gladiatoren in Sinemax."

Manchmal mußte ich mir auch eine rüde Kritik gefallen lassen.

„Was du da zeichnd hast des is kaa Palme des is a Dreck . . . was soll denn des sein . . . Franz schpüü kaan Angelomichel."

Der Richter: Es wird Ihnen eine Lehre sein.

Eine weitere Freizeitbeschäftigung während der Arbeit, das hab ich absichtlich so formuliert, war das Beschaffen von Rauchwaren. Das war die sogenannte Tour, die einem zugeteilt wurde.

„Also paß auf du hast jez de Tour, aber des muaß i dir erklärn weil sondt kennst di net aus, verschtehst. Der Willi sagt i muaß aufs Heisl, des kann aber der Willi erst sagn wann der Termofor aufegeht, weu da kummt glei a Zug und dann gneisst di der Kaas net a der was min Willi aufn Heisl is verschtehst mi . . . na und dann haust di ausn Waggon aussa, packst de Schienen und haust di iwern Zaun, weu iwer den Zaun muaßt ume, weu da bist no allaweu in toten Winkel net, dann speust di iwerd Strassen und haust di in Drafik . . . durt sitzt a Koberin de kennt den Schmäh scho zehn Jahr lang. Der haust den halben Kilo auf de Pudel, packst de Post haust das vurn bei der Staudn eine und laßt di owe, verstehst du haust dir die Zigaretten vuurn bein Hemd hinein und laufst davon, laßt die owe packst de Strassn, packst de Hürden . . . du muaßt sei wie der Martin Lauer . . . dann bist scho wiedr am Wagen haust die ganzen Spin in die Koin eine, mir hauns am Wogen ume der was in Hefen zruckfahrt drin saan unsre Buckln glezln die ganzen Spän aus de Koin aussa und aufd Nacht wird teilt . . . kennst di aus . . . na gratz di . . . fang an . . . Zu widersprechen hätte keinen Sinn gehabt, die Tour war an mir und damit Schluß . . . also habe ich gewartet, bis ein Zug kommt, er kam auch gleich . . . ich springe aus dem Waggon und renne vor dem heranrasenden Zug über die Schienen, setze zum Sprung auf den Zaun an und bin schon auf dem Zaun und kann nicht mehr herunter, weil ich mit meiner Hose auf dem Zaun hängengeblieben bin, ich reiße mich dennoch los und springe in die Tiefe, renne über die Straße, das heißt, will rennen, kann aber nicht, weil ein Mopedfahrer die Straße daherkommt, ich versuch, ihm rechts auszuweichen, er fährt nach rechts, da versuch ich, ihm links auszuweichen, er fährt nach links, ich komme dennoch vorbei und stürze in die Trafik . . . „Zigaretten." Die Trafikantin sagt zu mir: „Du Fetzenschädel, du neicha, sei net so vernees." Ich stecke mir die Packerln ins Hemd und laufe zurück, bin schon auf dem Zaun, vom Zaun herunter, springe auf den Waggon, will die Ware in die Kohlen werfen, ist keine da. Die Zigaretten sind vom Hemd in die Hose gerutscht und durch das Loch in der Hose, welches ich mir auf dem Zaun gerissen habe, auf die Straße gefallen, dort lagen sie, friedlich, ich habe mir einiges von meinen Kollegen anhören müssen.

„Der Trottel verliert die ganzen Spän."

„Wozu war ich jetzt aufn Heisl?"

„Wamma sowas waas macht ma si den ganzen Kaas selber."

„Trottl!"

Aber ich bin doch auf dem Zaun hängengeblieben.

„Guuuuusch!"

Ich hatte aber dank dieses Vorfalles nie wieder die Tour.

Um die eintönige Langeweile seines Gefängnisaufenthaltes zu verkürzen, hatte man die Möglichkeit, ein Gnadengesuch einzureichen. Berufsverbrecher hatten es leichter als ich, was diese Belange anging. Oft begnadigte man sie schon vor der Hälfte ihrer Strafe, im Hinblick auf ihr baldiges Wiederkehren. Wo sollte denn der Staat seine billigen Arbeitskräfte hernehmen, wenn nicht von der Weihnachtsamnestie. Nun, ich habe drei Gnadengesuche beim Wiener Landesgericht eingebracht, alle erfolglos. Einer meiner Genossen beschritt den einfachsten, offensichtlich den österreichischen Weg. Er sagte eines Abends zu mir: „Du bist a Trottel, mei Alte kennt an klaan Sekretär im Ministerium, in drei Wochen geri haaaam." Ja, und in drei Wochen ging er „haam". Wie leicht ist oft die Aufforderung, mit zweierlei Maß zu messen, von einem kleinen Sekretär abhängig. Nach Verbüßung meiner Strafe habe ich erfahren, daß meine Gnadengesuche ebenfalls an der Unnachgiebigkeit eines kleinen Sekretärs gescheitert waren.

Aber wer weiß? Ein bißchen Ungerechtigkeit sinnvoll angewendet, das gehört wahrscheinlich zur Besserung, dabei müssen die Häftlinge gar nicht gebessert werden. Im Gefängnis herrscht eine strenge Moral. So ein Moralist randalierte eines Abends, als er aus dem Waschraum kam.

„Mei Saaf . . . mei Saaf hams ma gfladert. Fladern sollns draußen aber net im Hefen. Wo kumm ma denn da hin wanns jetzt in Hefen a schon fladern . . . der Hund der wann i den derwisch der hat dar kalt und warm, daß er sich net derfangt . . . asowas mei Saaf."

All das beginnt man dann sehr schnell zu verdrängen, wenn man weiß, das heißt, wenn man sich sicher ist, daß es in einigen Stunden keinen Stacheldraht, keine Mauern, keine Wärter, keine Häftlinge, nichts mehr dieser Art geben wird. Daß man aber in den letzten Stunden der Haft nicht zu übermütig wird, heben sich die Wärter dafür, also für diese Zeit, noch ein Zuckerl auf. Man will die sogenannten Losgeher vor dem endgültigen Losgang, vor dem wirklichen Losgang, bewahren und verwendet dazu eine Art Schocktherapie. Man sperrt sie in eine Einzelzelle. So tat man auch mit mir. Im Sinne der Gleichheit. Allerdings, alle sind nun wieder auch nicht gleich, nicht mal im Häfen. Ein Arzt, zu ein paar Monaten Arrest verurteilt, beharrte vergebens auf der Nennung seines Doktortitels, er hätte Anspruch darauf gehabt, seine Verurteilung passierte mit Aufschub der Rechtsfolgen. Aber! Ein Exmajor des Bundesheeres, man hatte ihn wegen Dutzender Schweinereien und Mißhandlung von Rekruten zu mehreren Jahren schweren Kerkers verurteilt, dieser Mann wurde täglich in äußerst devoter Haltung seitens der Wärter und mit einem schmetternden „Guten Morgen, Herr Major" bedacht. Wo war ich stehengeblieben. Ja, mich steckte man auch in eine dieser Einzelzellen. Da ist ein Hocker drin, ein Tisch, das Bett ist an die Wand geschnallt . . . ja, und dann ist da noch eine Klomuschel . . . nicht direkt in der Mitte, aber doch bequem zu erreichen. Ich setzte mich auf den Hocker und begann zu meditieren, quasi Bilanz zu ziehen über meine viereinhalbmonatige Lehrzeit, als ich durch eine Stimme aus meinen Gedanken gerissen ward . . .

„Hallo . . . hallo . . . hallo!"

Die Stimme kam aus dem Klo.

Hallo . . . hallo . . .

Es war also nichts mit Halluzinationen, die Stimme kam tatsächlich aus der Muschel.

Ich: Ja, was ist denn?

Er: Wie lang hast denn du, Hawara?

Ich: Ich hab überhaupt nix mehr i geh zHaus . . . wie lang hast denn du?

Zwaa Jahr habi . . . aber i geh bald min 396er . . . i bin in Hungerstreik i friß nix.

Na und des haltst du aus.

Was hast denn du ausgfressen?

Bandenraub . . . zwaamal die Läng.

Also, dann streik nur weiter.

Von meinem Gesprächspartner habe ich mich erfolgreich losgerissen. Bilanz zu ziehen war eigentlich meine Absicht gewesen! Da fällt mir der Wortlaut eines Briefes ein, den der Herr Justizminister innerhalb einer schriftlichen Korrespondenz an den Kabarettisten Bronner geschrieben hatte!

Es bleibt nur zu hoffen, daß die Strafe für Herrn Seeböck eine wirkliche Lehre gewesen ist und daß seiner künstlerischen Karriere mit Beginn d. Jahres 1965 nichts mehr im Wege stehen wird. Mit besten Grüßen Ihr Dr. Christian Broda!

Also: Es wird Ihnen eine Lehre sein!

Gelernt hatte ich allerdings einiges. Wie man einbricht, wie man Autos knackt, wie man das Diebsgut verschiebt, oder daß man Frauen bei den Ohren aufzieht und „orenna lasst wiaran Wecka".

Noch etwas? Ja, daß es wichtiger ist, in Ministerien die kleinen Sekretäre zu kennen, anstatt der Minister. All das Erlernte steht meiner Karriere hoffentlich nicht zu sehr im Wege, und für den Hinweis auf den Lehrplan im „Häfen" danke ich Ihnen aus tiefstem Herzen, werter Herr Minister, und verbleibe mit den besten Grüßen,

Ihr ergebener
Herwig Seeböck

SZENEN UND SKETCHES

POLITISCHE REDE

Liebe Freunde, liebe Gemeinde!

Eingangs möchte ich beginnen, mich nicht in die werten Worte meines Vorredners einzumischen, obwohl mancher im Saal, der seinen Weg mit uns gegangen ist, sich nicht mit diesen oder jenen indifizieren darf, kann oder will. Oder was sonst noch in letzter Zeit zu unserem Leidwesen Platz gegriffen hat. Speziell innerhalb des Wirtschaftsbundes hat man einen Weg gefunden, wie man die Zeiten wie diese in Zeiten wie diesen meistern kann oder aber auch nicht. Das hängt ganz von unseren Schwierigkeiten ab, die wir noch immer im Griff gehabt haben. Und wenn einer kommt und sagt, daß es zu Schwierigkeiten kommen wird, dann stehen wir auf wie ein Mann, und da wird man dann sehen, wer da steht, meine Damen und Herren. Weil so groß kann das Boxhorn gar nicht sein, daß wir uns da nicht hineinjagen lassen. Ah, na, des is falsch! Daß wir uns da nicht hineinjagen lassen. Ah, na das is desselbe! Es is wurscht, i hab die Zeiln verlurn! Das hätten die andern gern, daß wir die Wahrheit sagen. Oh nein! Das hätten die andern gern, daß wir die Wahrheit hintanhalten, eine Verschleierungspolitik. So wie sie der alte Herr Präsident schon wolln hat, so wie der alte Herr Präsident beinahe gezwungen worden wäre, von seinem Weg abzubiegen. Aber er wollte nicht, was er wollte. Ah, aber er wollte nicht, was er wollte, war eine Einigkeit in einer gewissen Fraktion. So wie der alte Herr Präsident beinahe gezwungen worden wäre – oho! Wie er schon wolln hat. Aber da baue ich auf die Zukunft unseres Landes, die Jugend. Die Jugend ist nun einmal die Zukunft unseres Landes, dafür habe ich Beweise. Und Unzufriedenheit hat noch nie zur Zufriedenheit geführt, so wie Uneinigkeit auch nie zur Einigkeit führt. Oder in eine Beschäftigungsratte, das ist in der verstaatlichten Stahl Inusie die Korruption, die wir noch immer bestens beherrscht haben, das Management und daß die Herrn das dorten genau wissen, wenn sie ihre Millionen verschieben. Ich bitte Sie verschiedentlich einer Planung opfern, deren Köpfe die größten sind. Mit Bagatellen. Ich bitte Sie, meine Damen und Herren . . . veranstalten. Von unsere Führungskräfte, deren Köpfe die fähigsten sind, die unsere Greise hervorbringen können. Das geht nicht an, daß die Gerichte sich aufführen wie die Axt in Walde, wenn sich ein bescheidener Politiker irgendeinen Notgroschen auf die Seite legt. Wo kommen wir denn da hin, wenn das alle so machen. Eine Munitionsaffäre ist noch lange kein Durchbruch zu irgendeiner Kriminalität. Es ist allerdings möglich, wie schon mein Vorordner gesagt hat, ah, mein Vorredner gesagt hat, weil alles, was wir leisten, wird uns von unsern Weg nicht abbringen. Zuversichtlich sein, heißt die Devise. Die da immer gelautet hat: gemeinsam marschieren und einzeln handeln. Und wenn sich unsere Gegner auf den Kopf stellen, werden wir ihnen nicht dabei helfen, werden wir ihnen nicht dabei helfen, gemeinsam von unseren Weg abzubiegen. Ich verweise auf unser altes Motto: Alle Redner stehen still, wenn unser starker Arm es will! Ah – alle Räder, da muß ich aber . . . sogar innerhalb unserer Partei. Es geht nicht an, daß wir uns das alles gefallen lassen, das geht nicht! Es ist irrelefant. Daß verhetzte Elemente . . . es ist uns wurscht, ob Kraftwerke gebaut wern . . . oh nein . . . ist es uns wurscht, ob Kraftwerke gebaut werden? Das kann uns nicht egal sein, wo wir doch alle im selben Boot sitzen. Und eine Staumauer zieht ihre Schwester nach sich. Da können wir nicht talentlos zusehen . . . tatenlos zusehen. Es ist genauso wie mit der Nuk. . . mit der Klearenergie. Es ist ein Irrtum, wenn der Österreicher glaubt, der Strom kommt aus der Steckdose. Ich meine, natürlich kommt er aus der Steckdose. Aber wie kommt er in die Steckdose hinein? Das kann ich Ihnen auch nicht sagen. Aber ich seh nur eins: jetzt steht im Tullnerfeld ein Reaktionär und verrottet. Wenn mir Stäbe kaufen, müssen wir sie auch verbrennen, jeder Raucher weiß das. Nur die Herrn wissen es nicht. Wenn ich die Ur-anstäbe, was? Wenn ich die Ur-anstäbe, do hot ma wieda aner, ah na. Wenn ich die Uranstäbe günstig an den Mann veräußere, bleibt mir noch immer genug übrig, um mir eine Staatspension . . . ein Staatspensum auf irgendeine hohe Kante zu legen. Das ist eine Milchmädchen

Division. Vor einigen Jahren wurde unseren . . . Gegnern das Lachen vergangen. Und die, die was jetzt noch lachen, werden bald auch nicht mehr lachen. Und umgekehrt. Es ist allerdings möglich, daß viele unserer Versprechungen nicht eingehalten werden können, darum sage ich auch, daß die nächste Leislaturperode nicht leicht sein wird, deshalb sollten wir auch die nächste Leislaturperode nicht auf die leichte Schulter nehmen. Obwohl dies für die nächste Leislaturperode der leichtere Weg sein dürfte. Nunmehr sage ich endenwollend, daß wir noch nie ein Versprechen gehalten haben, wenn da mehrere Wortbrüche vorhanden waren . . . ah . . . Daß noch niemals einen Wortbruch gehalten haben, wenn es die Möglichkeit gegeben hat, ah, was. Wir haben stets die Möglichkeit wahrgenommen, uns zu versprechen und dieses zu halten . . . I kumm do nimma zsamm. Am besten wird sein, wenn wir uns alle jetzt von unseren Sitzen erheben, um unsere Vereinshümne zu singen, die da lautet: Hoffnung ist edler als Sicherheit. Danke!

FRAG NUR BUA, DASSD WAS LERNST!

Vater: Wast Bua, des is folgendes! Wennst was net waasst, oder irgendwie unsicher bist, mi kannst um alles fragn und i wer dir immer de richtige Antwort geem. Sollt i mi allerdings amoi oder zwaamoi irrn, sei mir bitte nicht bös, weu Menschen samma alle und mir haam ja wie soll i sagn einen Lebensweg und die gemeinsamme also die vereinzelte Erfahrung . . . net i maan du waast eh was ich mein wenn ich . . . oder verstehst mi net . . . selbstverstädlich verstehst mi . . . also nimm dir des was ich dir sag . . . nimm dir das zu Herzen. Ich bin dein Vater und ich habe die Pflicht . . . also habe ich die . . . irgendwie das Recht . . . was dei Lehrer net waaß des waß i und umgekehrt . . . i hab aa a amoi was glernt und in Fernsehn hams neulich gsagt bei uns saan alle Trottln . . . also was die Geschichte angeht . . . also geschichtliche Teppen . . . maan i, sunst eh net, drum miassn ns jetzt in der Schule eh mehr einführn wie früher eh . . . weil so geht das nicht mehr, weil aus der Zeitung und ausn Fernsehn kann ma eh nix . . . also . . . wie soll ich sagen! Verstehst mi?

Bub: Ja Papa!

Vater: Na dann is guat!

Bub: Du Papa!

Vater: Ja!

Bub: Du Papa . . .

Vater: Na ja, was is . . .?

Bub: Was is eigentlich Politik?

Vater: Roland, was da du für Fragen stellst . . . i maan . . .

Bub: Aber i soll di doch um alles fragen hast gsagt . . .

Vater: Na ja eh, aber so a Frag am Sunndoch in der Frua . . .

Bub: Magst mir net sagen was Politik is?

Vater: Schau . . . Politik . . . des is, wann i waas, dass du a Mammelad aus der Speis gnumma hast, un de Mamma des aa waas, weu i ihrs derzöht hab und du waast des aa dass de Mamma und i des waas, nur waast du net ob die Mamma oder i scho vuurher gwusst ham, dass du waast ob mir des wissen wern, dass du de Mammelad nema wirst, und wenn du jetz hergehst und sagst, dass des a Frechheit ist, wenn mir, also de Mamma und i, behaupten, du kenntast a Mammelad stöhn, wo du doch wirklich de Absicht ghabt hast, aber an der Ausführung durch unser Mißtrauen gehindert wurn bist, also sozusagen die Tat im Sinne des Gleichgewichts verworfen hast, um sie zu einem günstigern Zeitpunkt nachzuhoin . . . des is Politik!

Bub: Des versteh i net!

Vater: Des versteht ka Mensch!

Bub: Und dann is des also so, daß auf der Welt niemand nix vom andern versteht . . .

Vater: Ja, des is des von den Turmbau zu Babel . . . net . . . wie des damals war da hats ja angfangt mit dera Verständnislosigkeit net.

Bub: Was war des?

Vater: I waas des aa nimmer so, genau, aber jedenfalls ham a paar aan Turm baut . . . zu Babel.

Bub: Zu was?

Vater: Zu Babel . . . des haasst nur so, des is in der Bibel in aan von de zwaa Testamentn . . . also de haam angfangt zun baun immer höher immer höher . . .

Bub: Bei einen Turm müssen s ja in die Höh baun . . .

Vater: Unterbrich mi net, des is eh so schwer . . . also die Babler . . .

Bub: Wer?

Vater: No die was in Babel wohnen . . . die ham immer höher gebaut . . . einen Turm, wie ich schon gsagt hab . . . und da hat der Herrgott oder irgend so aner gsagt, de solln aufhern, weil sunst is ein Stimmengewirr und da wird er schon dafür sorgen, daß die Bäume nicht in den Himmel wachsen . . . er der Jesus der dings der Moses . . .

Bub: Welche Bäume?

Vater: Na, des sagt ma nur so . . . des is ein Sprichwort . . . er sorgt schon dafür, dass die Bäume nicht in den Himmel wachsen . . .

Bub: Wer sorgt dafür?

Vater: No er!

Bub: Wer is denn er?

Vater: Herst i glaub, du hurchst mir nicht zu . . . mir sin bin . . . bein Turmbau zu Babel . . . der Jesus Christus hat zum Moses gsagt, er soll dem Polier von den zu Babel-Turm sagen . . . dass des net geht, dass ma da baut und baut . . . aso in Himme eine, weil das stört den Vater . . .

Bub: Was für einen Vater?

Vater: Na, in Vater vom Christus!

Bub: . . . in Josef?

Vater: Wieso in Josef?

Bub: Aber Papa, der Josef is doch der Vater vom Christus!

Vater: Aso! Hast recht . . . also bring mi jetzt net durcheinander, wan ich dir da die Geschichte zersetz . . . erleg . . . also auseinanderdings . . . der Josef war da überhaupt nicht dabei . . . der war a Zimmerer, der is erst später . . . oder na . . . öha . . . da bini . . .! Der war bei der Maria! Also der Moses hat zum Christus gsagt . . .

Bub: Der Christus zum Moses!

Vater: Is ja wurscht . . . natirlech redt amoi der, und dann redt wieder der andere, was waass denn i wer damals zerscht gredt hat. Also auf alle Fälle ham de so vüü dischkeriert, bis niemand mehr was verstanden hat . . .

Bub: Und wann in Fernseh die Sendung "Hohes Haus" is, dann is a Turmbau zu Babel.

Vater: Wieso?

Bub: Da versteht do auch keiner mehr in andern.

Vater: Sei doch net so bled Bua, des is des Parlament . . . zu Babel war des ganz anders . . . da warns alle da, da warn de Perser, de Rasierer, de ganzn Bloßfiassign halt, Tirkn und Grichn . . .

Bub: Der Odysseus a?

Vater: Der . . . wie haasst der?

Bub: Odysseus!

Vater: Sicherlich . . . ah i waaß scho, des is doch der gwesen, der was si da so fürchterlich verirrt hat, der hat nimmer haamgfundn.

Bub: Wo hat er si verirrt . . . in Turm zu Babel . . .?

Vater: Na, aufm Meer . . . natirlech hengt des alles irgendwie zsamm in Altertum, der Odysseus ghert doch aa ins alte Testament net, der Hommer war sei Onkl . . . der Dichter net . . . und der war a guater Freind von den hinigen dada, von den Nebu . . . Na . . . Ne . . . Nekubatnetzer . . . falsch . . . Nebukadnezer . . . na und der war wiederum der Bezirksvuursteher von Babel, und durtn war der Hommer immer auf Urlaub und da hat er die Odyssee kennenglernt, des war de Katz vom Odysseus . . . mittlerweile . . . net . . . de hat eahm gfoin . . . aber des is nix fiir di . . .

Bub: Warum?

Vater: Weil du erst den Zusammenhang wissn muaßt, Bua.

Bub: Du Papa, des is interessant!

Vater: Dann her mir zu! Also der Odysseus war beim Militär und da hams a Stadt belagert . . . mir scheint Belgrad . . . na und de Belgrader warn nicht einnehmbar, de haum si gwehrt mit Hend und Fiass . . . der Odysseus war scho ganz verzweifelt, nix is eahm mehr eingfalln . . . no und do hot er amoi in der Nacht net schlafen kennan, und do hot er aa Idee ghabt. Da hat er irgendwas gmurmelt . . . so ehnlilch wie wenni witschi gwinni . . . oder naa ganz anders, er hat zu sein Brudern der was immer fuaßmarod war . . . Achilleus . . .

hat er ghassen . . . zu den hat er gsagt . . . ich wollte es wäre Nacht oder die Preussen kämen . . . de saan aber damals net kumman. Aber eine Idee hat er ghabt. Ein Pferd hat er gsagt, mein Königreich für ein Pferd . . . ein Pferd hat er si machen lassen aus Holz innen hohl mit so Radln . . . und in den Bauch von den Pferd san de, öttare und jingare Menner, alle einegreut . . . mit denan ihnare Schwerter und Sabeln und so was halt ghabt ham. Na am nextn Tag in der Frua haum de Tschuschn da unt iwer de Mauer gschaut und ham glaubt, des is a Geschenk von de Heiligen oder Götter . . . und ham des holzane Ross ind Garasch einezaht. Na und in der Nacht is der Odysseus mit seine Hawara aussagreut und hat ein furchtbares Blutbad unter dem Gemetzel angerichtet . . . und wiara da grad in schensten Metzeln war, is a Frau vuurbeikumma . . . de hat si aufgregt iwer eahm und hat gsagt . . . dass des net aso geht und des muass er einsehn, weu er is a erwachsener Mensch . . . und so . . . na und da hat er zruckgredt . . . da hat sie sich einen Fluch einstudiert ghabt . . . den hat si ihn an den Kopf geschleudert . . . in die Stirne . . . net.

Bub: Wie hat die gheissen Papa, die Frau?

Vater: Tja, wann i des jetzt so genau wissat . . . so ehnlich wie . . . Zahra Leander. Aber des is net so wichtig . . . wichtig is, was gsagt hat . . . also sie hat ihm verflucht . . . sie hat gsagt so quasi . . . schleich di von da, und werend du dich schleichest, sollst di so verirrn, dassd nimmer haamfindst!

Bub: Und?

Vater: Und der hat wirklich nicht mehr haamgfunden . . .

Bub: Wohin hat er sich denn da verirrt?

Vater: Na der hat sich . . . am Meer . . . durt kann ma si eh so leicht verirrn, schaut ja alles gleich aus . . . mit sein Schinakl . . . mit seinem Kahn . . . die Grichn . . .

Segelboot net . . . hat er sich verirrt . . . da hat er dann die Sirene erfunden . . . aber niemand hat eahm ghert, weus alle die Uhrn verpickt ghabt ham . . .

Bub: Mit was?

Vater: Mit was! De ham si doch nie gwaschen, de saan amoi in Jahr vom Sessel abegsprungen, und da is der Dreck abplattelt.

Bub: Aso!

Vater: Ja! Saaf ham de kaane kennt . . . aber weiter . . . also de haam gsungen . . .

Bub: Wer?

Vater: Wer?

Bub: Ja, wer hat gsungen, Papa?

Vater: No die Sirenen!

Bub: Aber die können doch nur heulen.

Vater: Na ja, wenn sa se wehtuan, aber sunst . . .

Bub: Nein, in der Zeitung steht . . . mit heulenden Sirenen wurden in San Franzisko . . .

Vater: Ja, in San Franzisko . . . aber net in Belgrad . . .

Bub: Aber du hast doch gsagt aufm Meer . . .

Vater: Na ja, am Meer bei Belgrad, da ham die Sirenen gesungen, und der Odysseus wurde an einen Baum gebunden, und de andern ham de Uhrn verdreckt ghabt und dadurch sind sie zu Schweinen geworden, weil sie keine Saaf nicht verwendeten. Hab is do no aussabrocht! Und er hat alles ghert, und die Sirenen haben gesungen, und er hat geheult vor lauter Schmerzen . . .

Bub: Der Odysseus!

Vater: Ja, aber er hat ja eine Beschützerin ghabt . . . seine Palast-Antenne.

Bub: Wer war des?

Vater: Des war quasi sei Schnoin . . . also seine Gesponsin, wenn man so sagen kann net. Der war er hörig. Wann er wo spazirn ganga is . . . is plötzlich auftaucht . . . hat eahm guat zuagredt . . . er soll den Kopf nicht hängen lassen . . . und er wird scho wieder haam kumma, und außerdem hett er si des friher iwerleng miassn, weu wie er sich in Troja benommen hat . . . des hat ja einer jeden Beschreibung gespottet . . .

Bub: Wer?

Vater: No der ding der Odysseus und seine Spezi de ding da halt de andern Grichn . . . de was sich mit in de Verirrtheit begeben ham also hineingeraten sind . . . die ja von dera Dame in den Troja . . .

Bub: Wo war de Dame?

Vater: Na ja, waast eh, de Leander in Troja, de hat eahm doch gsagt, dass er si jetzt verirrn wird . . . hea halt zua, wann i red.

Bub: Aber Papa, du hast doch nichts von an Troja gsagt, des war doch alles in Belgrad . . .

Vater: Eh, aber in Troja war des, weil Belgrad hat ja damals bein König Herodes Troja ghassen . . . was waas denn i, wo der Tepp iwaroi hinkumman is auf den seiner Reise, der war ja a net normal, dass du aa immer alles so genau wissen muasst von den Odysseus . . . du kannst doch zwischendurch a amoi was anders fragen . . . von Rechnen oder Deitsch oder was waß i, net immer nur von den Trottl und seiner Kleopatra und denan inare Gschlafen . . . Schglafen . . .

Bub: Na guat Papa, da hab i eh ein Problem . . . sagt ma Flecken oder Flecke . . .

Vater: Wie manst denn des?

Bub: . . . da steht bein Scheksbier . . . wart laß mi dir des vuulesen . . . da . . . der Löwe zähmt den Panther . . . und der andere sagt drauf . . . doch er läßt ihm seine Flecke . . .

Vater: Is recht, is eh richtig . . . Flecke . . .

Bub: Flecken net?

Vater: Net Flecken . . . Flecken is doch iwerhaupt kaa hochdeitsches Wurt . . . Na, es heißt Flecke . . . weil Flekken kommt von flicken . . . ma flickt Flecke auf . . .

Bub: Also, dann sagt ma . . . die Mama hat ein Kleid . . . also auf der Straße trägt die Mama das Kleid mit den bunten Flecke?

Vater: Na, des kann man nicht sagen . . . in dem Fall heisst das Flecken . . . Flecken ist die Mehrzahl von Flekke . . . klar es heißt doch er kam nicht vom Flecke . . .

Bub: Was ist denn das für ein Fall mit dem Löwen?

Vater: No Ernstfall!

Bub: Ernstfall?

Vater: Sicher, ist des kein Ernstfall, wenn ein Löwe hinter mir her is?

Bub: Nein Papa, welcher Fall in der Sprache? Den Casus?

Vater: Wenn a Löwe hinter mir her is, brauch i kan Casus, da renn i.

Lied – Ätna Partie

Es is ochte vorbei und es hobts zoalt,
mir haun uns eine damits euch g'fallt,
und g'fallts Euch net so kauma a nix tuan,
no dann lachts holt net dann is a nix verlurn,
weil mir san jo sowieso scho do,
und es wann Euch fad wird reißts eh oh,
und jetzt gemmas an, denn jetzt gemmas an, na mir gehns jetzt an.
(Na wia oft no)

Mir san die Ätna Partie und mir verhaspeln uns nie in unserer Revue
in der Psychologie die wos die Basis mocht is für uns jetzt Tag oder Nacht,
schau, wennst ala bist und sitzt bled daham,
wannst in grauen Star kriagst vom 1. Programm,
40 Bier owehaust, 10 kg Goldfischli kaust,
kumm geh ins Kabarett.

Mir san die Ätna Partie und mir bringen die hin obst wüst oder net,
Gemütsleiden de san bei uns ganz daneben,
mir wollen Euer "Fidbeck", nur so kemma gebn,
schau, haust die auße ins Häusl am See,
fahrn tuast jo eh net, tuast eh meistens steh,
spü liaba Stau mit unsere Schmäh,
kumm lan die zruck, laß die evening geh,
kumm bleib im Kabarett.

Reisebüro!

Büro: Na ja, wohin soll denn die Reise gehn, was ham Sie sich in etwa vorgestellt?

Herwig: Zentralfriedhof . . .

Erika: Ich hab mir vorgestellt mit dem Flugzeug . . . ich flieg so gern.

Herwig: Na Flugzeug iwerhaupt net, weil i hab Beweise dafür, der Mensch kann nicht fliegen.

Erika: Aber ja . . . jetzt gib a Ruah!

Büro: Das Fliegen ist doch heutzutag ganz problemlos . . . schaun Sie, auf der ganzen Welt fliegn ja Millionen von Flugzeugen . . .

Herwig: I wer immer ummanaundazaht auf der Welt, immer schiaßns mi über irgend a Meer umme.

Erika: I bin sehr dafür, man muß sich die Welt anschaun, die Ruinen.

Büro: Ja, die griechische Mythologie.

Erika: Hat ja eine Menge von Ruinen hinterlassen. Sicher is alles a bißl kaputt, aber das macht's ja letztlich aus. Das ist eben Kultur!

Büro: Sie müssen irgendwie die Phantasie spielen lassen, sie kommen dort herein z. B. Pela.

Erika: Pula, Yugoslawien.

Büro: Nein, Pela, Griechenland. Die Geburtsstadt von Alexander dem Großen. Sie müssen sich vorstellen, wie dieser große Alexander . . .

Erika: Sehr groß war der Alexander owa net!

Büro: Das bezieht sich natürlich auf seine feldherrschen Fähigkeiten. Er war ja nur ein Zwuck von 1,60 m.

Herwig: Was war er?

Erika: Der Herr sagt ein Zwuck . . .

Herwig: Was ist eigentlich ein Zwuck?

Büro: Zwuck sagt man zu einem kleinen Menschen. Zwuck! Abgezwuckt, ah abgezwickt! . . . Wir haben da herrliche Preisangebote, wunderschöne Hotels.

Erika: Nein, da san ma schon so hineingefallen, im Prospekt is gstanden wunderschöne Aussicht aufs Meer, und die Aussicht war dann auf a Klopfstangan und a Art orientalisches Plumpsklo . . . nein, also was Einfaches, wissen Sie das Finanzamt . . .

Herwig: Da schau dir des an: Und da steht Hastrubal! So was ähnliches wie Squash . . . durt fahr ma hin.

Büro: Nein, Hastrubal, so heißt unser Hotel. Das liegt nämlich an dem Ort, Hastrubal war der Bruder von Hannibal. Der hat nämlich Krieg gführt gegen den Zwuck. Alexanders des Großen. Der hat ihn dann in einem früheren Zweikampf geköpft und seinen Kopf über die Mauer schießen lassen, quasi als abschreckendes Beispiel.

Erika: Geh! Bitte, des is ja grauslich!

Herwig: Dort fahr i doch net hin, wann i do was mach, i park falsch, schiaßns mein Schädel über die Mauer.

Erika: Das ist eben die Geschichte: Kultur!

Herwig: Kultur is des, wanns mein Schädl über die Mauer haun? Das versteh ich nicht.

Erika: Dein Schädl interessiert auch do unten wirklich kaan.

Herwig: Oh ja, wanns eahm überd Mauer haun.

Regieanweisung

Büro: Italien wäre noch ganz günstig.

Herwig: Ätna!

Erika: Ist das in der Nähe von Rom? Dort gibt's ja auch herrliche Ruinen!

Büro: Bitte? Wie?

Herwig: Der Ätna is ned in der Nähe von Rom!

Büro: Oder dieses Hotel in Frankreich, das Hotel Maxim.

Erika: Wissen Sie, ich hab gehört, daß man da so ein Haus mieten kann und . . .

Herwig: Ätna . . . do siach i was, was is'n des da?

Büro: Das is der schiefe Turm von Pizza . . . Pisa . . .

Herwig: Ja, da geht man auffe, do wird an schlecht, und do wos so schief is kann man owespeibn!

Erika: Sag'n Sie, ich hab gelesen, irgendwann fällt er jetzt dann um, net?

Büro: Das ist mir gänzlich neu, der steht doch jetzt schon, na ja, irgendwie lang, Venedig sinkt ja auch ständig um . . . na ja.

Herwig: Ätna!

Büro: Unsere Bungalows sind sehr solide gebaut, nicht wie der schiefe Turm von Pisa.

Herwig: Ätna!

Erika: Was kostet denn so ein Bungalow?

Herwig: Am Ätna steht er auch auf weichem Untergrund.

Büro: Wer?

Herwig: Der Bungalow, die Lawa bewegt sich, wandst auf d'Nocht hamkummst is der Bungalow weg . . . schaust, steht er 50 Meter weiter links, wandert.

Regieanweisung

Büro: Ja, das beläuft sich für zwei Erwachsene, der Flug Wien–Athen–Saloniki . . .

Erika: Wieso Athen?

Herwig: Wieso Saloniki?

Büro: Würde sich dann so Summa summarum auf . . .!

Herwig: Ätna.

Büro: So ca. 40.000 S netto.

Herwig: Ba ba ba Banküberfall!!!!!

Erika (lacht): Abziehn kann ma da nichts, ich mein a bißl.

Büro: Wir sind eun kulantes Reisebüro.

Herwig: Und Sie ziehn uns die Haut ab!

Regieanweisung

Büro: Unser Hotel Maxim . . . Jetzt bin ich schon ein bißchen verwirrt.

Herwig: Se sann glaub i schon sehr verwirrt!!!!

Büro: Ja ja, man kann sich ein Auto mieten und schließlich im Schatten herrlicher Pinien . . .

Herwig: Die kann man auch mieten?

Büro: Selbstverständlich . . . Schatten kostet Geld, oder wissen'S was, fahrns mit'n Radl, nehmans ihnare Flossen, Taucherquandl und fahrens mit'n Radl.

Erika: Sie, wern'S nicht ungeduldig, Sie haben uns zu beraten.

Herwig: Ätna.

Büro: Ihr Herr Gemahl sagt wenigstens Ätna, Sie können inner do überhaupt net entscheiden.

Erika: Wie reden Sie eigentlich mit mir?

Büro: Ich hab mich bemüht, Ihnen . . .

Erika: Bemüht ham Sie sich . . . exorbitante Zahlungen haben Sie verlangt . . .

Herwig: Ätna!

Büro: Sie, wenn Sie noch einmal Ätna sagen, hau ich ihnen eine hinein . . .

Herwig: Sanns vursichtig, Sie meine Frau ist eine emanzipierte Frau! De kennt nix . . .

Erika: Jawoll! Ihna Kopf fliagt glei iwer die Mauer, do brauch i gor kan Hannibal.

Büro: Hastrubal!

Erika: Sie ich . . . *(reibt auf)*

Herwig: Net! Se zahln drauf, bitte!

Büro: Was heißt ich zahl drauf, zuerst waren wir zu teuer und dann . . .

Herwig: Schrein'S net mit meiner Frau, sunst fliagt mei Schädl a gleich iwa die Mauer.

Büro: Fahrn Sie doch wohin Sie wollen.

Herwig: I wüll jo nirgends hinfahrn.

Erika: Aber ich will.

Büro: Können wir uns nicht wie drei erwachsene Menschen ... sowas hab ich noch nie erlebt.

Herwig: Alles fangt amoil an.

Erika: Sie wollen ein gebildeter Mensch sein, aber in diesem Tone können Sie nicht fortfahrn.

Büro: Sie wolln ja fortfahrn, net i.

Erika: Ich warne Sie zum letzten Mal.

Büro: So kumman wir auf keinen grünen Zweig.

Herwig: I will iwerhaupt net auf an grünen Zweig, i wüll noch Ollern.

Büro: Liegt des am Bosporus oder scho mehr in der Ägeis ...?

Herwig: Passen Sie auf, machen'S keine Witz!

Erika: Lass dich doch net pflanzn von dem Macho do!

Büro: Den Macho nehmen'S zruck!

Herwig: Rührn Sie meine Frau an und ich ...

Büro: Na wos, na wos?

Herwig: Helf Ihnen dabei!

Erika: Herwig, wir gehen! Da, nimm dir den Prospekt.

Büro: Ja da, haufenweise!

Erika: Nimm den, und wir gehen.

Büro: Ja bitte, nehmen Sie, Gretl, Moritz, Anton, Pölten.

Herwig (im Abgehen): Was steht denn da drauf?

Büro: Ätna!

Einpacken

Herwig: Bitte, was machst du da? Wo fahr'n wir hin? Wir brauchen doch kein Basislager . . . was san des für Pullover . . . bitte.

Erika: Ich brauche warme Sachen . . . mir ist kalt . . . ich bin ein Mensch der immer friert . . .

Herwig (zählt): Ans, zwa, drei, vier, fünf . . . wer soll denn des zahn bitte . . .? I geh net zwamoi do owe . . . nur über meine Leiche.

Erika: Dann geh halt ich.

Herwig: Aha, und i derf mi schuldig fühlen . . . danke! Sowas fangt ma si gar net an . . . was packst jetzt da wieder ein?

Erika: Das ist ein Pelz . . . der is vom Fritz . . .

Herwig: Bitte, was machst du auf Naxos oder Pela . . . oder wos was i wia diese Verhüttelungen dort haßn . . . was machst du dort mit an . . . Samojedenpelz?

Erika: Am Abend wird es dort sehr kalt in diesen Gegenden . . . mir ist kalt . . .

Herwig: I trag des net . . . des trag i net, aus . . . aus! Was is das?

Erika: Das is unser Essen!

Herwig: I hab glaubt, des san de Bleigürteln zum Tauchen . . . bitte, was is da drin?

Erika: Mein Gwand!

Herwig: Gwand . . . wozu bitte sovü Gwand . . . dort braucht ma nix . . . a Bodehosn und Herrgottsschlapfn . . . und an Strohhuat kauft ma si . . . durt bei an Standl.

Erika: Bei aan Standl . . .?

Herwig: Warst du no nie im Süden? Durt wimmelts vo Standln.

Erika: Mir werns Geld ausgebn dort . . .

Herwig: Na, ich weigere mich, i trag des net . . . da muaß i ja dreimal gehn, mit meiner Wirbelsäule. Wir spannen 14 Tage aus und da schauts aus, als wann mir für ewig nach Spanien übersiedeln würden . . . warum hab ich mir des angetan?

Erika: I trag des schon, mach dir keine Sorgen.

Herwig: Ich mach mir keine Sorgen, ich bin verzweifelt. Ich bin ein verzweifelter Packeltrager . . . Wieso is das so? Wann i wohin fahr, hab i zwa Unterhosen und wann ahne dreckig is, hau i ane weg und de andere wasch i. Was wüllst denn damit, bitte?

Erika: Da kommt alles andere hinein . . .

Herwig: Na, na, na, da steigts ma haaß auf . . . mit dem Glumpert im Flugzeig mit den Gwicht, da hauts uns ja sofort hinter Fischamend in Wald eine.

Erika: Was maanst?

Herwig: Du provozierst einen vorsätzlichen Absturz . . . ich bin eh so lädiert . . . das ganze Glumpert . . . na, i bin verzweifelt . . . i kann keinem Menschen schildern, wie verzweifelt ich bin.

Erika: Jetzt werde ich dir nämlich was sagen . . . das meiste sind deine Sachen (hebt einen mittelgroßen Plastiksack), das sind allein deine Pillen . . .

Herwig: Die brauch i, sonst kannst mi da unt glei eingrabn.

Erika: Und Flossen und Tauchermesser und was waß i no net alles.

Herwig: Und was is das? Bestrahlungslampe . . . Gesichtssauna . . . Gatschmaske . . . Ringelblumensalbe . . . 1, 2, 3, 4, 5, 6, 7 . . . 16 . . . sechzehn verschiedene Strumpfhosen.

Erika: Und das . . . Lesestoff für 6 Jahr . . . Shakespeares sämtliche Werke . . . oder der Wr. Neustädter Kanal. Spektakel vor dem Reckturm.

Herwig: Die Farm der Tiere!

Erika: Das ist mein nächstes Stück . . .

Herwig: Senta Trömel-Plötz Frauensprache: Sprache der Veränderung . . . Fischer: Die Frau in der Gesellschaft.

Erika: Du, komm mir nicht so.

Herwig: Männersprache . . . Sprache der Verblödung . . .

Erika: Das mag sein.

Herwig: Was heißt: mag sein . . . hab i des alles einpackt, uns fehlt nur mehr ein aufblasbares Scheißheisl, bitte . . . was i red . . . a Blasbalg . . .

Erika: Das is für die Luftmatratzen.

Herwig: Was du willst die Luftmatratzen . . . ich krieg derartige Verspannungen . . . Fotoapparat?

Erika: Natürlich . . .

Herwig: Ein Fotoapparat ist eine Prothese für einen kreativen Menschen . . . der bleibt da . . .

Erika: Hilf mir, den Koffer zumachen, setz dich drauf, bitte!

Herwig: Der blanke Irrsinn. 50 Jahr hab i werdn müssen, daß i mi jetzt no auf an ausgstopften Koffer setz . . . au!

Erika: Was is?

Herwig: I hab mi verrissen, i kumm net in die Höh, unmöglich . . . bitte, ruf die Doktor Rieder an, i brauch a Spritzen . . .

Erika: Ja, sofort . . .

Herwig: Net sofort . . . gleich . . . I bin total reduziert, siehst das nicht . . . wir kommen zu spät . . .

Erika: Wir kommen nicht zu spät, um zehn müssen ma einchecken, also komm steh auf . . .

Herwig: Wer soll das alles schleppen? Uns fehlert nur noch a Container mit zwahundert Kilo Wellensittich – hundert, hundert Kilo san nur erlaubt – siech i mi scho im Gepäcksraum sitzen, mit an Prigl in der Hand . . . allaweil draufhaun, daß hundert Kilo fliagn.

Erika: Mach keine Witze . . . beeil di . . . steh hier nicht herum wie Alexander der Große nach der Einnahme von Alka Seltzer . . . Gemma . . .

Herwig: Was hab ich nur verbrochen, was hab ich nur getan? Was? De zwa Taschen auch noch?

Erika: Ja, aber das ist dann wirklich alles.

Herwig: Des kriag'n miar nie in des Auto eine . . . mir kennen a Taxi mitn Gepäck hinter uns nachfahr'n lassen. Da schauts aus wia bei der arabischen Post.

Erika: Maul nicht, kumm!

Herwig: Ischias is des . . .

Erika: So etwas Faules wie dich . . .

Herwig (kramt im Plastiksack).

Erika: Was suchst du?

Herwig: Ich brauch a Aufputschmittel . . . und dann im Flugzeug hab i Angst . . . brauch i a Abputschmittel . . . wann i durt bin, brauch i wieder a Aufputschmittel.

Erika: Du ruinierst dich damit, deine ewige Pillenfresserei geht auf die Augen, wannst so weitermachst, brauchst in zehn Jahr an Blindenhund . . .

Herwig: Damit ruinier i mi, mit dem Entwicklungshilfegepäck . . . bitte, was is da drin . . .?

Erika: Ein Blumenstöckel . . . Du sagst immer, ich soll keine toten Blumen kaufen . . .

Herwig: An Kaktus, bitte?

Erika: Ja.

Herwig: Wozu, bitte?

Erika: Den setz i dort ein.

Umweltsketch

Herwig: Bist du deppert . . . des Mistviech sekkiert mi die halbe Nacht . . . wo is mei Spray? Na wart nur, di schick i auf an Trip! Wo is mei Spray . . . der goldene Schuß . . . Wer hat mir den Spray *(findet den Spray)* . . . so, der Schlaf ist Natur, und wer mi stört dabei, wird standrechtlich erschossen *(sprüht wild um sich)!*

Erika: Was machst du da? Bist du wahnsinnig? Wüüst mi vergiften?

Herwig: Wieso? Bist a Göösn? *(Sprüht.)*

Erika: Du hörst sofort auf! Du sprühst da nicht, das sag i dir!

Herwig: I sprüh, solang i wüü, wei i wüü mei Ruah in der Nacht . . . glaubst das Luada wird hin?

Erika: Nimm den Fliagnpracker und derschlag's, wenn du schon unschuldige Insekten hinrichten willst . . . versprüht an Gifthauch wie a Basilisk . . . du sollst aufhören . . . oder ich . . .

Herwig: Oder was?

Erika: Kauf dir doch ein Moskitonetz . . . na, jetzt kummt's ma erst – du hast ja eines – wo ist das?

Herwig: Unter dem kann ich nicht schlafen! I bin ja net der Laurence von Arabien! I kriag a Klaustrophobie unter sowas! Na woart nur! *(Sprüht wie ein Kung-Fu-Fighter.)*

Erika: Wieso kannst du net . . . wo ist des Netz?

Herwig: Ich hab eine harte Haut auf meinen Fersen . . . i hab Widerhakerln auf meine Fiaß . . . I verwickel mi in des Netz . . . I hab Alpträume – ich ringe die ganze Nacht mit einer Boa Constrictor . . . weil ich mich verhäng!

Erika: Natürlich, des Bett gehört verhängt!

Herwig: I verhäng mi net ins Netz – du Umwelthysterikerin – gescheiterte Aluminiumdosensammlerin. *(Sprüht.)*

Erika: Tödliches Gas spritzt du herum . . . Treibgas . . . Ozonlöcher sind kein Witz!!

Herwig: Di Sau is zaach! Die fliagt und fliagt! Des is ka Gift, des is a Aufputschmittel!

Erika: Der macht des mit Absicht!

Herwig: No sicher, wann i des unabsichtlich mach, bin i a Trottel! *(Er nimmt einen Fetzen – fett- und ölgetränkt.)* Damit erwisch i dich!

Erika: Der ölige Fetzen vom Auto? Wieso kugeln hier deine Ölfetzen umeinand?

Herwig: Weil i vergessen hab, ihn zu verbrennen!

Erika: Du verbrennst ölige Fetzen?

Herwig: Soll i's in Salat auswinden?

Erika: Sei nicht zynisch!

Herwig: I bin net zynisch, i bin miad!

Erika: Du bist net miad, du bist wahnsinnig . . . du bist komplett wahnsinnig!

Herwig: Kann sein . . . Kann aber auch nicht sein . . . *(tanzt Tango)* – a jede Umweltsünde hat ganz bestimmte Gründe . . .

Erika: Den zeig ich an.

Herwig (nimmt einen Duftspray zur Hand und sprüht wechselweise): Schau! Beidhändig! Nur ein Prozent der Menschen ist beidhändig . . .

Erika: Ich hab auch zwei Händ!

Herwig: . . . des Sprühens unfähig!

Erika: Du! Ich werd tätlich!

Herwig: Ohne Spraydose! . . . *(ist nun ganz nah an der Fliege)* . . . Spiel mir das Lied vom Tod! *(Erika springt aus dem Bett und holt den Fliegenpracker.)* Derschlag mir ja mein Fliagn net! . . . Du . . . ich warne dich!

Erika: Vergiften is das Letzte . . . I bin net die Lugretia Borgia . . . erschlagen is humman . . . vergiften is schlechthin intrigant . . . *(zielt mit der Klatsche auf die Fliege wie mit einem Schwert. Erika erschlägt die Fliege)* . . . My name is Macbeth! *(Peng.)*

Herwig: Mörderin! Du hast mei Fliagn exekutiert!

Erika: Das war nicht deine Fliege!

Herwig: Das war mei Fliagn . . . mich hat sie begonnen zu belästigen! So . . . jetzt hau i dir dein Bonsai z'sam! Mir wird eh immer schlecht, wenn i den botanischen Zwergrattler sich . . .

Erika: Mein Baum! Das ist ein kleiner, süßer Baum, wie kann man so brutal sein?

Herwig: Mei Fliagn war viel kleiner!

Erika: Des is was anderes!

Herwig: Wieso?

Erika: Mein Baum fliegt nicht!

Herwig: So? Na dann paß auf!

Erika: Stell den Baum hin!

Herwig: Komm Hofzwerg, jetzt spü ma Waldsterbn!

Erika: Stell den Baum hin!

Herwig: Nur, wann i in die Donau Öl wechseln derf! Also . . .

Erika: Du kannst nicht so gemein sein!

Herwig: Bye, bye, Bonsai!

Erika (ergreift den Insektenspray und sprüht Herwig ins Gesicht.)

Herwig: I bin zwar beinah blind, aber sie hat es getan . . . sie hat es getan . . .

Erika (entreißt ihm den Baum): Na, war das jetzt notwendig?

Herwig: Laß mi in Ruah . . . I geh schlafn!

Erika (hat ein seltsames Objekt gebracht): Nimm dir doch dein Moskitonetz! Bitte! . . . Nimm des Moskitonetz! *(Sie hängen es auf.)*

Herwig: Gute Nacht!

Erika: Gute Nacht!

(Herwigs Lämpchen brennt. Ein Augenblick der Ruhe tritt ein, bis Erika offensichtlich einem Insekt nachjagt.)

Erika: Dieses Schwein, dieses unglaubliche . . .

Herwig (unterm Netz): Was is'n wieder?

Erika: Dei Fliagn is auferstanden und sekkiert mi . . .

Herwig: Tat i a, wannst mi derschlag'n hättst!

Erika: *(Schüttelt den Spray.)* Leer.

Herwig: . . . Kauf dir halt a Moskitonetz!

Armands Auberge!

Armand: Good evening . . . have you booked?

Herwig: Was hab i?

Erika: Er fragt, ob du bucked hast.

Herwig: Wieso soll i mi bucken, mir is nix owegfalln?

Armand: Ob Sie gebucked ein . . . a table?

Erika: Wir haben einen Tisch gebooked . . . bestellt.

Armand: Wie is name . . . nome . . . please?

Erika: Seeböck.

Herwig: Seeböck . . .

Armand: Ah oui . . . yes . . . ja follow me . . . bitte Sie von . . .

Herwig: Der is a bissl deppert . . . der haut ma da die Oide um d'Erd.

Erika: Bitte, sei still, der versteht uns!

Herwig: Der is trotzdem a bissl deppert.

Armand: Ir is Ihre Tisch . . . wollen Sie gewünscht ein Vorspeise . . . Äh Mousses au crème . . . crevettes . . . dans sur mer . . . soup de la pavese . . . avec Parmesano . . .

Herwig: Na, ka Vorspeise . . .

Erika: Einen Salat . . .

Armand: Qui . . . yes . . . ja . . . salade Vignette de flies . . . or . . . oder bonne lycy, ein special von unsere Haus unsere Auberge.

Herwig: Nein, a Hauptspeis will i, bitte.

Armand: Entrecote flambé avec mushrooms . . . a very fine . . . exquisite . . . or . . . steak au pepper . . .

Herwig: Sag ihm, des Steak will i . . .

Erika: Also Steak?

Armand: Sie haben ganz unt . . . there à la carte . . . goose liver mit trüff . . . bitt . . .

Herwig: I versteh den net . . .

Armand: Wenn Sie nicht verstehn probable . . . Spaghetti Bolognese . . .

Erika: Oder Spaghetti?

Herwig: I kann do kane Nudln, i nimm ob, i wer blad.

Armand: Naturealemente Sie können haben ein kalt Blad.

Erika (zu Herwig): Oder eine kalte Platte?

Armand: Was für eine Wein? Vino apperitiv Napoleon vielleicht?

Herwig: Na, keinen Napoleon . . . also Wein apperitiv, bitte . . . nein.

Armand: Bitte um etwas decision, wir haben noch des autres guest, pardon.

Erika: Da schau, Menu . . . nehma doch des Menu.

Herwig: I bin doch do in kaner Stehweinhalle heast.

Erika: Bitte, das Menu!

Armand: Menu à la carte avec chateau neuf . . . its included with the prix . . . c'est ça . . . ich binne eine wenig bissi . . . pardonnez moi.

Herwig: Menu . . . i wüll abnehmen.

Erika: Das ist ein Nobelrestaurant.

Herwig: Na und? I will trotzdem abnehmen.

Armand: Garçon, un menu for table second persons . . . quick, time is money, eine petit jokus . . . ich immer . . . ich bin eine von die Humor . . .

Herwig: Des is a Trottl.

Erika: Da is ja schon was . . .

Herwig: Soll i ma des unter die Prothesn schiabn?

Erika: Das ist ein Nobelrestaurant!

Herwig: Du ich will abnehmen, aber net verhungern, wann i weiter so iß, findens do irgendwo in 14 Tag a Skelett mit an Ruadaleiberl (ißt), so und was mach ma jetzt?

Erika: Warten.

Armand: Next formidable cuisine de l'auberge d'Armand.

Herwig: What's that may I ask?

Armand: Entrecote au sauce remoulade.

Herwig: Wieso an Wein? Why wine may I ask?

Erika: Gib a Ruh jetzt.

Armand: Ist inbegriff of price, if you dislike you kann wegschütt, if you will.

Erika: Die Leute schauen schon.

Herwig: Das ist ein Nobelrestaurant.
(ißt) Und was moch ma jetzt?

Erika: Warten!

Herwig: Is des a Wirtshaus oder a Wartesaal?

Erika: Normalerweise bin ich die Ungeduldige.

Herwig: Ich bin nicht ungeduldig, ich bin hungrig.

Armand: Allez, salade borgenionne dressing à vous.

Herwig: I wüll aber zwa vous.

Armand: Ich eile davon zu andere Tisse, please, beg your pardon.

Herwig: Des is a Trottl.

Erika: Du, der hört das.

Herwig: Der versteht mi do net . . . was ist das?

Erika: Der Salat!

Herwig: Das ist ein Sojakeim *(brüllt)*, ein Sojakeim ist das, bitte!

Armand: Iste irgen nicht in Ordnung, please?

Herwig: Was portions are these?

Armand: Das iste eine von sehr große Gedecke, because wir haben samedi Samstag . . . andere Tage it is littler.

Herwig: Aso ist, so und jetzt wart ma wieder. A trink i wos.

Erika: Bitte nicht, du vertragst nichts.

Herwig: Was soll i denn do net vertrogn, mit der Menge kannst a Maus ausnüchtern.

Erika: Schrei nicht so.

Herwig: Unglaublich ist das.

Erika: Das ist so in einem Nobelrestaurant.

Herwig: I waß schon was der wüll! Ostiern wüll er uns, der Lackpinscher, des is, was der will.

Armand (kommt): Dessert *(ein Ildefonso liegt auf dem Teller)*. La torte avec la créme surprise.

Herwig: Hast du mei Brille eingsteckt?

Erika: Du hast sie auf!

Herwig: Na bitte, net amal mit der Brill'n siacht ma des *(ißt)*. Wir gehen no irgendwohin am Hafen auf a Krügl Tint'n und an Fisch. May I have the bill, please.

Erika: Getrennt bitte!

Armand: Comment? Wie? Ich soll da dividier wie eine Idiota? Es iste nicht custom in mein auberge, aber bitte, ich machen ein exception *(er rechnet)* extraordinaire, man kommt zu eine Schwitz.

Herwig: Der kann net rechna!

Erika: Ich bitte dich!

Herwig: I kann a net rechna!

Armand (zerknüllt ein Papier): Ich bin faschiert mit diese Division. Merde!

Herwig: Der kann net rechna!

Erika: Ja! . . .

Herwig: Nicht ja. Ja!

Erika: Hör jetzt auf.

Herwig: Der kann net rechna.

Armand: Sixty Dollars, 75 centime s'il vous plait.

Herwig: Was?

Armand: 60 Dollars et fünfundsiebzig cents . . .

Herwig: Hern'S, san Sie wo augrennt?

Armand: Bitte? Pardon?

Erika: Zahl das jetzt *(gibt Herwig die Börse)*. Bitte!!!

Herwig: Ich denke nicht daran.

Armand: Pardon?

Herwig: I zahl do net für diesen Bonsaifraß. Wissen Sie, was Sie uns serviert haben? Das Standardmenü vom Speisewagen von der Märklineisenbahn

Erika (entreißt Herwig die Börse): Ich zahl das da, das is ja schenant.

Armand: Menu . . . à la commiss un . . . oui, merci . . . *(schreibt Scheck + Karte).*

Herwig: A Nobelrestaurant, das ist ein Ostierrestaurant.

Erika: Was is des?

Herwig: A Ostierrestaurant. Bitte, gehn wir, oder das Lokal wird von mir geschliffen.

Erika: Benimm dich.

Herwig: Und zwar solange geschliffen, bis dein Scheck wieder zum Vorschein kommt.

Armand: Au revoir die Erschaft . . .

Herwig: Es ging ein Mann von Jerusalem nach Jericho und fiel unter die Räuber.

Armand: I beg your pardon?

Herwig: There was a man walking from Jerusalem to Jericho and fell under the robbers.

Armand: Je vous en prie.

Herwig: Sie mich auch!

Sightseeing

(Auf der Seite befindet sich ein kleiner Automat. Frau wirft ein und hört die Geschichte der Grabstätte auf maltesisch.)

Er (nimmt den Hörer in die Hand): Was is denn des, samma in Polen oder was?

Sie: Na, des is Maltesisch!

Er: Na, und verstehst du des?

Sie: Na, hab keine Ahnung, aber es klingt schön.

Er: Manchmal frag ich mich, was mich an dich bindet.

Sie: Das ist hier die Frage. Da schau her, da is no offen. Alte Tempelanlage Tarxien. 6000 Jahre alt.

Er: Da is ja alles hin. Is ja dasolett förmlich.

Sie: Da schau, in der Mitten is die Opferstelle.

Er: Geh, du immer mit deine Opfer. Des war nie a Tempel, des war a Dorf, und do is die Zysterne. Na, da waren die Urwohner, ned, die ham sie des Wasser gholt mit'n Flaschenzug.

Sie: Sehr intelligent! Wo hätten denn die an Flaschenzug hernehmen sollen?

Er: Na, gemeißelt aus Stein, liegn eh gnua umaranander.

Sie: Du redst a an Blödsinn daher, wann der Tag lang ist. A Flaschenzug is doch eine Übersetzung.

Er: Willst du mir vielleicht da was übersetzen?

Sie: Na schau, mit einem Flaschenzug übersetzt man das Gewicht, the weight of the stone.

Er: Ned Englisch, das is ganz anfoch. Steinkübel ned, owelossn, haltn, platsch, Wasser rein, Kübl auffe.

Sie: Na, dei Phantasie mecht i amoi ham. Des war wahrscheinlich ein Backofen.

Er: Du immer mit dein Brot. Wann i mit dir an an Bäcken vorbeigeh, was i, ohne dich wird es Nacht. Do host eh so an antiken Mühlstein. Ned, do hamses griebn, des

Getreide oder an Kugarutz oder sowas, ned, und dann hams Steinkübeln, auffe, ned, Wasser dazu und dann hamses ind Sunn glegt, Hitz, ned, Flade!

Sie: Du schau, was is denn des, das ist der abgeschnittene Körper einer Frau, interessant.

Er: Jojo, a Tabernakel is des, a Monstranz, ding, ned, für die Götter, für die Heiligen. Do hamsas griebn, do wos flach is. De hot a ganz schöne Brüste.

Sie: Des is wieder typisch. Das sind nicht die Brüste, das sind die Beine.

Er: Na, so ane mecht i net ham, die Brüste hat wie Beine.

Sie: Do steht, das ist ein Fruchtbarkeitssymbol, und oben hams es Brot gmacht. Ich frag mich schon die ganze Zeit, wia de de drum Stana daherbrocht ham?

Er: Wos isn des do?

Sie: Das ist ein fallisches Symbol.

Er: Wieso is des a falsches Symbol, das sieht ja ein jeder, was das ist. Das ist ja ordinär fast.

Sie: Nein, diese Art von Stein heißt Monolith.

Er: Wo hots denn da tropft?

Sie: Wieso tropft?

Er: Ein Monolit ist ein Tropfstein. Ned, des is, oben san die anderen und unten san die Monoliten. Ned! Oben tropfts owa, eam am Kopf und er baut auf.

Sie: Wer baut auf?

Er: Na der Onolit! Des is wia beim Herz, do host a Zystole und a Diastole, ned; host nie gsehn "Der gläserne Mensch"?

Sie: Na, was brauch i des, i hob doch kan Herzinfarkt.

Er: Na hearst, bei der Zahrarrei mit de Stana kriagst leicht an Herzinfarkt!

Sie: Olso wie die de großen Stana daherbrocht ham, des mecht i wissen. Ob des die Kuchl is?

Er: Jo sigst net die versteinerten Erdäpfelschäler?

Sie (schaut im Katalog nach): Das sind keine Erdäpfelschäler, das ist ein Grab, das sind Schädlreste.

Er: Aso, Schädlreste san des? Pfui, Schädlreste in der Kuchl!

Sie: Wie die de Stana doherbracht ham?

Er: *(schweigt)*

Sie: Ja, weil, hier steht, das Interessante ist ja, hier findet man weit und breit diese Steine nicht.

Er: Wieso, do sans jo!

Sie: Nein, ich mein ja so. Diese Art Stein existiert hier nicht.

Er: Wieso, wenn mir davurstengan, bitte. Is des jetzt a Stein oder nicht?

Sie: Wahrscheinlich hat man die mit Schiffen hierhergebracht.

Er: Geh bitte – a Schiff, ein so ein Stein auf ein Schiff und . . . du kannst mit die Tintenfisch jausnen.

Sie: Na klar, mit ana Galeere!

Er: Mit was? Geh, bitte, mit aner Galeere.

Sie: Geh, du weißt überhaupt nicht, was eine Galeere ist.

Er: I waaß ned, was a Galeere is?

Sie: Na, was is eine Galeere?

Er: Na, a Galeere is, des war, ja, a Boot halt, a Schiff, also die, die Phönizianer, also die Sklaven ham grudert, Segelboot, ned, vurn hot aner trommelt, und wann er sie vertrommelt hat, sans dasoffn, weil die warn ja angekettet.

Sie: Wo?

Er: No am Ding, am, am Galeerending, des is, wos waaß i, wie des war. Die Sklaven ham grudert, obn is der Kaiser gsessen, mit die Galeeren ham sie die Griechen ja dauernd verirrt, manchmal hams gmeutert, hams sie absichtlich verrudert, sans irgendwohingrudert, wo sie die andern nimmer auskennt ham, ham ses auspeitscht dann.

Sie: Was hams?

Er: Wann sie sich verirrt ham am Meer, ham sies auspeitscht.

Sie: Do schau her, do is so a flacher Stein, mit Kugeln drunter, hergrollt hamses, die Trum Stana!

Er: Übers Meer?

Sie: Geh, übers Meer!

Er: Na klar, das war damals geteilt, do is der Moses mit die Israeli durch, und die ham gleich die Staner hintennachgrollt.

Sie: Was is denn das?

Er: Schaut aus wie in Leitner sei Schwester.

Sie: Na, des schaut aus wie a Nilpferd.

Er: Na, wie in Leitner sei Schwester. Also, haß is do! Wieso gibts da nirgends a Bier?

Sie (liest im Katalog): Wart amol, wart. Ein Springbrunnen. Ein athesischer Brunnen.

Er: Wo siegst du an Springbrunnen?

Sie: Na do.

Er: Der springt do ned.

Sie: Na, wenn man des Wasser abdreht, springt er ned.

Er: Des is ja vertrottelt, wann i hinschreib Springbrunnen und er springt ned.

Sie: Na, damals is er schon gesprungen.

Er: Na, des waaß ka Mensch, ob der gesprungen is oder ned.

Sie: Aber nein, schau, des is ganz logisch, wenn man da aufdreht, also wenn man den Steinhahn da aufdreht, dann springt das Wasser in die Höhe. Bei einem athesischen Brunnen springt das Wasser immer in die Höhe.

Er: Na, des is ned wahr, weil bei mir z'Haus, wenn i den Wasserhahn aufdreh, springt des Wasser runter.

Sie: Das Badezimmer ist auch kein athesischer Brunnen.

Er: I bin ja a ka Athesier. I geh immer in die Kirchn.

Sie: Atheist.

Er: Wia hast des?

Sie: Atheist.

Er: Und so aner bin i schon goa ned.

Sie: Komm, wir müssen gehn, es wird geschlossen.

Er: Dei Phantasie möcht i ham, sieht an Stanerhaufn und sagt Springbrunnen.

Sie: Also, komm schon! Schau, do is a Statue. Do fehlt ja scho wieder der Schädl. Ein kopfloses Volk, diese Maltesen.

Lied (Erika Mottl)

Wer hat die Tempel und Burgen gebaut – Männer,
Wer hat sie neidvoll dann wieder zerstört – Männer,
Grenzen erfunden, Paragraphen erdacht,
Die Erde dorthin, wo sie jetzt steht, gebracht – Männer,
Männer.

Ein Wesen, das den Widerspruch als Beute
Sich an die Fahnen hängt – bis heute.
Die Suche nach dem Gral, ein aufrechtes Geschehnis,
Unterdrückt jede Wahl, alle Macht, na, wem schon? – dem
Penis.
Türme, Kirchen, Berge, die uralte Konsole.
Fahnen auf Masten, wo sie rasten, die Symbole.
Mann weiß nicht mehr, wozu die Tempel einst,
Mann baut Erektionen – Du bist nur, was Du scheinst,
Kreativ bist du nicht – kreativ das bin ich.
Ich bin eine Frau, sag, siehst Du mich?
Ich bin so eine, die ein Wesen in sich formt,
Die ganz genau versteht, wie man das Wesen normt.
Ich bin kreativ und bau mir meine Kinder;
Mann kocht über, kommt er dahinter.
Nimmt mir meine Kinder dann weg, irgendwie.
Ich weiß, woraus ich bin, ich hab Fantasie.
Niemand hat all das mich je gelehrt;
Ich möchte, daß der Männer Neid zur Hölle fährt

Wer hat die Söhne zur Schlachtbank geführt – Männer,
Die Töchter geschändet, den Krieg proklamiert – Männer,
Wer hat Foltern erfunden und die Freiheit verkauft,
Und wer hat die Weisen feige getauft – Männer, Männer,
richtige Männer.

Ein Wesen rund um einen Phallus rum,

Ein Zapfen aus Eis, komplexes Unikum.
Wer hält die Symbole von der alten Konsole,
Frucht einer Fichte, das Rohr in der Brise,
Der aufrecht schwankende, stehende Riese,
Und schlichtet den Streit um wahre Fruchtbarkeit.

Kreativ bist du nicht – kreativ das bin ich,
Ich bin eine Frau, ist dir das ärgerlich,
Ich forme nur Menschen nach meinem eigenen Bild.
Mann kann mich nicht hindern, ich bin allzeit gewillt,
Ich habe Fantasie jenseits von Kampf und Krampf.
Du meinst, ich hasse die Männer – was für ein Schwampf;
Ich hasse nur die, die bis heute nie schliefen,
Soldaten, Apparatschiks, die Aggressiven,
Ich fordere sie ins Jenseits, all diese Arten,
Dort können sie dann auf bessere Zeiten warten.

Lied für Silvia Lang

Vorig's Jahr im Urlaub hab' ich mich verliebt, es war das totale Klischee,
stö da fur – du wast eh.
Himmel und sehr sehr tiefblaues Meer,
a Prise in lauer Nacht, die Boote der Fischer, der Schatten von aner Jacht,
kitschiger geht's nimmer mehr.

Da hob i mi verknallt, kompakt und geballt,
i hob mi glatt verschenkt, i hob's a net von mir denkt,
es war so gar net i, wahrscheinlich war's Hysterie.

Des Salz und der Sand und ganz wenig Gwand,
a griechischer Bua und a traumhafte Ruah,
und füh, füh, füh, zfüh G'füh.

Der Knabe ist entschwunden, aber mir is des wurscht,
die Zeit is verschwunden und der harzige Durscht noch'n Wein . . .

Vorig's Jahr im Urlaub hab i mi verschenkt,
doch dafür hab i was kriagt, 2 Stickln klanes Leb'n, a Madl und an Buam,
zwa so siaße Ruab'n.

Leider sans net do, weil beide jetzt scho schlafen die allerliabsten Offen,
ogeh tans ma scho.

Nie war i dagegen, i mag die Männer und die Kinder, die Atheisten und die Sünder, Vorurteile san mir völlig fremd, und wenn mir danach ist wie damals

in Ithaki, dann schmüz i wia a Erdbeereis, weil wos i wü
derpack i.

Und mir wird dann sehr kalt und gleichzeitig sehr heiß,
des wirkliche G'fühl halt, was fast keine weis.

Vorig's Jahr im Urlaub hab' ich mich verliebt, es war das
totale Klischee,
stö da fur – du wast eh.
Himmel und sehr sehr tiefblaues Meer,
mir zwa in an Boot, vom Sonnenbrand rot und rundumadum
nur Griechenland.

Jung war a scho, schen war er net, a Bauch und a Glotzn.
Bis heut was der net, was er mir beschert hat, ja . . .

I mag die Männer und meine zwar klan Frotzen,
Zwillinge sans worn, a Madl und a Bua.
Jetzt ham's a no an Bauch und a no a Glotzn,
und Händ ham's und Fia'ß meine echten Souverniers,
die zwa geliebten Frotzen.

Shopping

Er: I möcht so a Leiberl, geh Erika, i möcht so a Leiberl ham, soll i mir so a Leiberl kaufn?

Sie: No, kauf dir halt so ein Leiberl, Herwig! Oder so an Hut, herst i möcht so an Hut, soll i mir so an Hut kaufen?

Er: No dann kauf dir halt so an Hut. Oder so a Armband, schau, Silber, is irrsinnig billig hier, Silber, so a Armband. Wieso is des Silber da so billig?

Sie: Das weiß ich auch nicht. Wahrscheinlich werden sies woher kriegen.

Er: Sicher kriegen sies woher, aber woher, ned? Is ja praktisch unglaublich, ned? Da schau, Taschenuhr, Taschenuhr, nur 12 Pfund, Taschenuhr, soll i mir jetzt so ein Leiberl kaufen oder a Taschenuhr oder Herrgottsschlapfn, do schau, Herrgottsschlapfn, oder do schau her, maltesische Erde.

Sie: Wozu brauchst denn maltesische Erde?

Er: Soll i jetzt a Leiberl kaufn oder Herrgottsschlapfn, do schau – Jesus sandals oder a Silber – die Auswahl bringt mi no um.

Sie: Du brauchst ja keine Auswahl, du brauchst ja nur ein Stück.

Er: Was fang i mit aan Schlapfn an? Do schau her, was isn des, Pain relief.

Sie: Das sind englische Kopfwehpulver.

Er: Wieso verkaufen die bei an Standl Kopfwehpulver?

Sie: Ja, das weiß ich auch nicht. Wahrscheinlich weilsds Schädlweh kriegst, vom Aussuchen. Warum lachst denn ned?

Er: Warum soll i lachen?

Sie: Weil des a Witz war!

Er: Also, a Leiberl – was sagst du? Oder maltesische Erde oder vielleicht a Glücksringerl, steck i mir am Finger, kann mir nix passieren, die Herrgottsschlapfn, du schau, auf des Leiberl kann ma si an Ritter draufdruckn lassen. Malzritter Iwanho. Na, soll i mir jetzt a Leiberl kaufen? Was sagst du?

Sie: Na, kauf dir doch, was du willst, ich mein . . .

Er: Herst, i steh do unschlüssig umanander, wann ma an Partner hat, kann ma a an Rat haben, aber is eh klar, wenn die Situation ernst wird, laßt sie mich hängen.

Sie: Na, dann kauf dir halt das Leiberl.

Er: Wieso des Leiberl?

Sie: Jo, dann kaufst dir halt nicht das Leiberl.

Er: Wieso nicht?

Sie: Oder du kaufst dir . . .

Er: Ja, des könnt i mir auch kaufen. Ah, die macht mi narrisch, is eh so haaß, Kind, ich bin nicht flexibel! I kann des ned.

Sie: Na, dann kaufst dir halt a maltesische Erde.

Er: Na. Des halt i überhaupt ned aus. I will da ganz ruhig und entspannt was aussuchen und sie quatscht mir dauernd drein. Wann i mir a Erdn kauf, muß i mir an Kaktus a kaufn. Oder i kauf mir a Tauchermesser.

Sie: Was willst denn mit an Tauchermesser?

Er: Na, tauchn. Aber na, da muß i mir Flossen kaufen und a Taucherbrille.

Sie: Du erliegst eben dem Konsum.

Er: Was heißt Konsum – auf ganz Malta gibts kan Konsum.

Sie: Ich mein doch den Konsum.

Er: I waaß scho, dassd ned den Meindl manst. Also a Leiberl, die Herrgottsschlapfn muß ma naß machen, sonst passens ned.

Sie: Do schau, was i entdeckt hab *(greift zu einem Hemd)*.

Er: Hör auf, was brauchst denn des, da schaust aus wia Gründerzeitlampn.

Sie: Du bist unmöglich.

Er: I bin ned unmöglich, na, wie schaut des aus? Na, kumm, sag ihr, i will des Armbandl, des silberne.

Sie: Excuse me. I would like this one. Is it possible to engrave something?

Er: Joo jo, grave grave.

Sie: My husbands name. Oh, it is inpossible. No, I think I am going to leave this. Sorry.

Er: No, was machst jetzt, was kaufst es denn nicht?

Sie: Na, weil man nichts eingravieren lassen kann.

Er: Aso, na wart, dann kauf i mir die Schlapfen *(er nimmt die Sandalen, hält sie hin)*. Wie is des gangen? Is it possible to engrave this?

(Sie lacht und bezahlt.)

Er: Was lachst denn? I sag den Satz, was du gsagt hast, und die schaut mi verständnislos an, die is deppert. I war zwamol auf Malta. Es erschte unds letzte Mal.

Zoll

Beamter: Haben Sie was zu verzollen?

Herwig: Nein . . .

Beamter: Bringen Sie Waren mit?

Herwig: Sicher bring ich Waren mit.

Beamter: Öffnen Sie den Koffer!

Herwig: Warum soll i den Koffer öffnen?

Beamter: Damit i hineinschauen kann.

Herwig: Wollen Sie vielleicht in mein Intimbereich umstieren?

Erika: Jetzt mach den Koffer auf.

Herwig: I mach den Koffer net auf . . .

Beamter: Das ist wegen der Kontrolle.

Herwig: I brauch ka Kontrolle. I bin ka Schmuggler . . .

Erika: Du dickschädliges Mannsbild machst jetzt den Koffer auf.

Beamter: Die Dame hat recht.

Herwig: Was haßt, die Dame, des is mei Frau.

Beamter: Sie ist eine Dame.

Erika: Danke für das Kompliment.

Herwig: Verbündet sich scho wieder mit an Finanzer . . . *(öffnet den Koffer).*

Beamter: Was is des . . .

Herwig: Net, des is . . . *(öffnet ein Schachterl, Schachtelteufel springt heraus und dem Beamten ins Gesicht.)*

Beamter: Wolln'S mi pflanzen herns . . . i laß ihna gleich verhaften.

Herwig: I hab gsagt . . .

Beamter: Gar nix ham Sie gsagt, einfahrn hams mi lassen . . .

Herwig: Ich hab doch . . .

Beamter: Redens net . . . mir fahrt des Ding da eine, net, Aug . . . Gsicht . . . net, ma lernt net aus bei den G'schäft . . .

Herwig: Hearst Erika, i hab doch . . .

Erika: Ja . . .

Beamter: Was. Ja? Nix ja . . . konspirieren Sie da nicht mit einem Witzbold . . .

Erika: In dem Ton könnens mit ihm red'n, mit mir net.

Beamter: Meine Dame, ich warne Sie.

Erika: Ich bin nicht Ihre Dame.

Beamter: Gott sei Dank net, sonst . . .

Erika: Was sonst . . .

Herwig: Was? Sonst?

Beamter: Ich fisitiere jetzt Ihnan Koffer . . . pfui . . . wasis des? Des schaut ja aus wia . . .

Herwig: Der Schokolad is zrunna . . . bei der Hitz . . .

Beamter: Na wia schau i jetzt aus . . .

Erika: Schmiern'S des ja nicht in unser Gwand.

Beamter: Mischen Sie sich nicht in eine Amtshandlung *(erwischt einen Lachsack).* Sann Se normal herns, lauter so Klumpert.

Erika: Das ist seine Sache.

Beamter: Herns, mischen'S Ihna net imma . . . au . . . was is des?

Herwig: Das is ein Taschenkrebs.

Beamter: Wo is der her?

Herwig: Den hab ich rausgetaucht.

Beamter: Wo?

Herwig: Aus'n Meer.

Beamter: Tuans des weg herns, ich ermahne Ihnen . . .

Erika: Er hat gesagt, er ist kein Schmuggler.

Beamter: Was ist das?

Herwig: Das ist zum Aufziehn . . . net . . . so . . . dann hupft er . . .

Beamter: Packn'S des schnell wieder ein, Sie ich hau Ihna a Leibesvisitation auffe ... ach ... was hamma denn do? Tabak?

Herwig: Nein Wüstenstaub, sakralen Staub ...

Beamter (öffnet, steht unter einer Wolke): Des zahlen'S, die Putzerei zahlen'S ... des garantier i Ihna ...

Erika lacht.

Beamter: Lachens da net *(staubt sie an).*

Herwig: Das ist ein Übergriff!

Erika: Schau, was der mit mir macht!

Beamter: Das is ja a Horrorkoffer! ... und des?

Erika: Ich hab Eier mitgebracht.

Beamter: Do, jetzt hob i Ihna. Für wie blöd halten Sie mich? Was schmuggeln ma denn do drin? Guat g'macht, gratuliere *(er schlägt das Ei mit voller Wucht auf die Theke.)* A Ei, schauns Ihna die Sauerei do an.

Erika: Nur weil sie uns nicht glauben ...

Beamter: Gengans, packens ein, i wüll Ihna nimmer sehn. *(Sie gehn, ein Papiersack bleibt stehn.)* Hallo Sie ham was vergessn. *(Der Papiersack reißt und eine Menge Flummis ergießen sich über den Platz.)*

Telefongespräch

(Wieder zu Hause)
(Telefon klingelt)

Er: Ach Gott, scho wieder daham, des Scheißtelefon hau i glei owe auf die Hauptstraßn, glei durchs zugmachte Fenster, Telefon wird a lei am Schnürl owehängen (hebt ab). Ja! – A seawas, Hansl, wos host mi . . . a ned erreicht host mi . . . nja, war ned möglich, war auf Urlaub. Gozo . . . des is a Schwesterinsel von Malta. Wos maanst, wies war . . . na, des ganze war eigentlich ein Jammer, ned . . . warum? . . . naja . . . die Leut und so überhaupt. Die Gozitaner, aber die Gozitaner san eigentlich Malteser, aber du darfst zu an Gozitaner ned Malteser sagen . . . weil sonst wird er bös, na i sag dirs, ein Fraß . . . Tutti die Mare . . . eh so ähnlich wie in Italien oder in Griechenland oder in Japan . . . Tintenfisch . . . 1. . . . nana, ned, Tintenfisch, wirklich, so mit Tinten, Tinenfish. Wia ma am Flughafen ankommen sind, sitzt dort a echter Seeräuber . . . hab i zur Erika gsagt schau a echter Seeräuber . . . hot er gsagt Gusch . . . war a Landsmann. Na, aber der is durtn gsessen, Dreispitz, Pfeifn, nur der Holzfuß hat gfehlt . . . na, öffentliche Verkehrsmittel gibts kane, Auto, ausleihn, der hat gsagt, mir kriegn a brandnew car, na, des war a Leibschüssel, Linksverkehr, wollt i schaltn, hob i allaweil des Fenster owedraht, und überhaupt, i hab wolln mei Kreditkartn verwenden, na nix . . . naja, was i mitbracht hab? A Mittelohrentzündung. Na gut – do schwitzt, dann gehst ins Wasser, dann schwitzt, dann gehst ins Wasser – da Gehörgang halt des a ned aus . . . ned i . . . der Gehörgang, herst, eine Entzündung des äußeren Gehörgangs . . . na i red ned gschwolln, s Ohr is gschwolln, nix wie Tabletten gfressn, und die Sunn, die Sunn brennt owa, wannsd vom Flugzeug aussteigst kriegst glei a Gnackwatschn, und da Flug, Air Malta, i hab zerscht glaubt, des san die Mechaniker, dann warns die Stewardessen, was? . . . Naja, hoch wama, s Meer hama gsehn, Algenteppich. Na i hab kan Teppich mitbracht – Algen – Adria – Teppich mitbringen, war ja ned in Persien, der Vesuv, Ätna war unter uns . . . jaja, der is ausbrochen, niemand hat eam wieder eingfangt, des is a Vesuv, die Lawa hama gsegn von obn, die Lawa, heast, waßt ned was a Lawa is? Des is wie a Gulasch schaut es aus, des spuckt a aus. Na, da Vesuv. Herst, ned dassd sogst, i hob gsogt da Vesuv spuckt a Gulasch aus, des is die Lawa. Wannsd über Sizilien fliegst – von da Mafia merkst nix. Naja, aber Gebäude könnt ma jo erkennen, Schlupfwinkel, Nester, rein gar nichts, nur so leicht verkohlte Berg . . . und Motorboote sieht ma, die schaun aus wie die Kometen, na ned auf die Berg, im Wasser . . . klor, do fliegst übers mediterranische Meer. Na, der Flieger, der hat a Landung hinglegt, des war a kontrollierter Absturz, hinter mir a Amerikanerin, die hat mir überd Schulter, also sie hat die . . . sie hat den Lönsch von sich gegeben, no eh ned, hat mi eh ned troffn, haarscharf vorbei, ned, sonst hätt i wahrscheinlich eh an Steckschuß von die Fleischlaberln, mein Walkman hob i varlorn, also der Erika ihren, na i war so durchanand durch die Übelkeit von der Dame, hob in gleich liegenlassen. Des Meer? Naja, salzig. Host scho amol an Saft von Salzguthgen gsoffn? Na, genauso is. Naja, i muß dir ans sogn, was mi des kost hot . . . mei Kreditkartn hätt i höchstens als Spachtel verwenden können . . . was? . . . nanix, do gibts ka Währung, wos, na nix, Muscheln, was die machen? Telefonieren kannst a ned, bist abgeschnitten, Quarantäne, die Einheimischen, was die machen? Trommeln . . . Na sunst . . . ka Bier, das haaßt scho . . . aber ned zum Saufn . . . an Most hats gebn, hast durt Seider . . . hob i an Witz gmacht, hab a Lied komponiert „Wo is der Seider . . ." witzig, na, der Humor hot mi ja ned verlassen do unt. Waaßt, was die gmacht ham, auf a Wasserrutschn hams mi zaat, vo 10 Meter bin i owegrutscht. Naja, dann seawas, wo woarst denn du eigentlich . . . na geh, erklär mir des, wie is des . . . aso . . . i waaß ned. Alles fahrt nach Griechenland . . . wie haaßt des . . . Ios . . . nur Ios sunst nix . . . aha, haaß wahrscheinlich . . . viel Leut . . . aber waaßt, wer sie am ärgsten aufführt im Ausland, waaßt, wer sich unhamlich aufführt im Ausland . . . i hab mi geniert . . . die Wiener . . .

THEATERSTÜCKE

A SUMMANOCHDSDRAAAM

Erste Arbeitsfassung

Ausschließlich als Probenkonzept gedacht, da das gesamte Stück noch einmal auf Improvisationsbasis repetiert wird.

LOVERS AND PLAYERS

DIREKTOR
EGEUS (Betriebsrat)

HERMIA
LUDWIG
DOLFERL
HELENE

OBERON
TANIA
PUCK
SENFSAMEN

QUINCE			QU
BOTTOM	=	Pyramus	B
FLUTE	=	Tispe	F
SNOUT	=	Mauer	S
SNUG	=	Löwe	SNU
STARVELING	=	Mond	ST

Senfsamen: Des san de Leid, de reden wie wir, des san de bessern, die glauben sie reden anders, mir san de Feen, wir reden englisch. Weil so is des Stickl a gschrieben und ghert a gspielt.
Wenns a net alles verstehts, versuchts, die schöne, alte Sprache zu lieben.

Puck: Keep on dreaming and good luck this bids to you your gentle Puck – jetzt kumm i noch amal zruck auf deitsch has i ganz afach Puck.

Direktor: Ich bitte Sie, was geht mich die ganze Sache an. Ich habe mit der Sache nichts zu tun. Verwikkeln'S mich doch nicht in die Liebesgeschichten vom Personal. Da sag ich zum Schluß irgendetwas, und das wird dann gegen mich verwendet. Da müssen Sie Ihre Kinder halt besser erziehen, ich bin doch nicht Ihre Autorität.

Egeus (als Betriebsrat): Schaun'S, es ist jetzt net die Zeit, sich da zu drücken oder gar sich abzuwenden. Es san nur Sie, bei dem ich meine Tochter Hermia verklagen kann. Weil schaun'S, dem da hat sie sich versprochen, und jetzt auf amal draht sa sich wie a Windsack bei 60 Kilometer Sturm und wüll net einsehn, daß – kumm her do, Dolferl du kumm a her, Ludwig – und wüll net einsehn, bitte, du Ludwig hast unhamlich viel Persönliches mit ihr getauscht. Verscherln hast gschriebn, wost beim Mondlicht unter ihrem Fenster stehst und so wie a Trubadur, wie sagt ma – schmachtest – oba bittschön. Schaun'S, Herr Direktor, ich steh Ihnen hilflos gegenüber, und i brauch a Unterstützung. Reden'S mit de Kinder, weil mir geht da Nipf aus. Und a sunsten, hot de ganze Gschicht mir deroart ausgsaugt, und weil'S ja schließlich do in unsara Firma hackeln, hob i ma gedacht . . .

Direktor: Wos sagst du, Hermia. Bitte trau dich. Ein Vater sollte schon, wie man so sagt, eine Autorität verkörpern, und der Dolfi ist doch, soviel ich weiß, fast wie ein Gentleman.

Hermia: Des is da Ludwig aa.

Direktor: Ja natürlich. In gewisser Weise. Aber man kann nicht immer haben, was man will. Ich halt doch den Dolfi für geeignet, und überhaupt, was geht das da mich an.

Hermia: Mei Voda soll mit meine Augen schaun, und net mit seine.

Direktor: Das Dumme ist, er hat halt nur die Seinen.

Hermia: Also do kann ich niemand hölfen. Er was, wie i von eam do oheng, nur mi kimmert des an Dreck. Sei Lebdoch hot er in Substitution für mei oarms Hirn gedacht, doch jetzt scheiß ich ihm was. Und rede frei mit unserem Herrn, dem Jesus Christ – es ist vollbracht. Nämlich, daß i nie mehr auf des, wos er sogt, hurch oder hör. So. Soweit so gut. Jetzt, kann i leben oda sterben oda wanns no mehr gibt, dann tua is a. Oba nie mehr hinderts es mi do, es zwa. Pfürt Ihna, Direktor, und sei aglocht, Herr Papa.

Direktor: Da haben Sie sich etwas Schönes großgezogen.

Dolferl: Wart Hermea, und Ludwich. I mogs holt gern.

Ludwig: Sog, bist du deppert. Dolferl. I mag die Hermi, und sie mag mi. Du host die Liebe ihres Vaters, sattel um und heirat eam.

Egeus: Hermia, Hermia, Hermia . . . *(er läuft davon)*

Ludwig: Herr Direktor; i glaub des hot wenig Sinn. I man, i bin, mein Liebe is mehr wie seine, und seine wahrscheinlich weniger wie meine. Drum hör ma auf, es hot kan Zweck. Die Hermia mog mi, drum muaß er weg. Also auf Wiederschaun. Ich hoff, i kann auf Ihr Verständnis baun. *(läuft ebenfalls ab)* Hermia, Hermia, Hermia . . .

Direktor: Also ich muß gestehen, ich hab da viel gehört. Soll i jetzt lochen. Soll i wana, wos soll i sei.

Gestört oda empört. Wie mocht ma des, i hobs vergessen. Hermia, Hermia, Hermia . . . *(er läuft ab)*

Helene: Des frog i mi vun dir. Der Adolf is, na der Adolf fohrt o auf die, des gibts net. Der dramt gonz wüld. In Schwitz, den reißts eam her. Er nimmt die Tuchent und glaubt des bist du, Hermia. Ma siecht eam leidenschaftlich fost die Tuchent hoalden, so wia a Ratz an Butterstriezel mit de Grampaln, in dein Fleisch, also in die Daunen. Krank is er. An Ausschlag hot er. Die Ribiseln woxen eam im Gsicht. Ausschaun tuats wie Röteln. Viertelstündlich beißt er in den Polster. Vastopfung hat er. Abführmitteln wirken nimma. Der is auf törki wegen dir. Vastehst. Des geht net. Mit an Menschen und mit an Bliddarm spült ma sich net. Vastehst.

Hermia: Loß mi in Ruah. Weil wenn i nur an eam denk, ziagts ma orkanoartig es Hemmad hinten eine.

Helene: Du druckst di vur dieser Liebe mit an Schmäh.

Hermia: Hearst, i hob eam durch a Glostir gjaugt. Do hot a si valetzt. Und der mog mi no immer. Pervers is der.

Helene: Der is so deppat nach dir, mein Kind. In da an Hond hot as Messa und in der andern hot a d'Semmel. Und vur eam liegt die Butter. Und wast, wo ers hieschmiert? Am Jackenärmel schmiert as, in Gedanken. Weil er vun dir dramt.

Hermia: Kann i a net hölfen. I bin ka Putzerei. I bin a Frau, i bin a Mensch, und i bin frei. Wos is mit dir. Prowiers holt du. Vazah eam, moch di reizvoll. Drah eam zamm. Schneckel di her. Bau die auf. New Wave und so. Drah da an Hoken. Leg eam aus und patsch – hot ern in da Obalippn. Bei an Karpfen funktionierts. Warum dann net bei eam.

Helene: Jo, des is leicht gsogt. Nur i bin amal unt, amol oben. Mi drahts do umadum. I kumm ma manchmoal vur als wia a Wecker.

Hermia: Na, dann bleib steh. Stöll di hi. Laß dei Schoaln falln, daß sie sich ringelt so um deine Zechen, und wenn du dann ganz gschölt mit Durchblick bis zum Kern – als wia a überreife Birn, mit so aaloartigen Bewegungen, vielleicht no winkst, mit ana Hand. Des gibts net, der mocht an Salto rückwärts ausm Stand.

Ludwig: Jo, des is woahr. Des nutzt nix. Entweda du mogst eam oda net. Und offensichtlich gehts jetz um die Wurscht. Also. Packst as. Schau, mochs wie wir. Mir balisiern, net, vun do. Moch des genauso. Nimm dein Dolferl und blend di langsam aus. Vielleicht, daß dann die Polizei di suacht. Nur in den Woald do, wann du net wüllst, do find di kaner. Net. Und jetzt geh, Hermia, und reds no mitanand. Des muaß irgendwie, irgendwie muaß des funktionieren. Pfürt euch jetzt. No zermarterts euch des Hirn.

Helene (im Abgehen zu Hermia): Mhhh, mhhh, puhhh. Jetzt bin i, wie noch ana koalden Dusch. Also murgen do oben um zwölfe Mitternacht. Wär des a Vorschlag. Ludwig, kumm no amoal, murgen bei der Kapölln do oben am Himmel, um 12 Mitternacht. I hob a Zölt.

Ludwig: I hob die Schlofsäck. Jo. So miaßats eigentlich passieren. Paß auf, do kummt was. Loß uns disabbiarn.

Dolferl: . . .

Oberon: I'll met by moonlight, proud Titania!

Titania: What, jealous Oberon! Fairy, skip hence: I have forsworn his bed and company.

Oberon: Tarry, rash wanton, am not I thy lord?

Titania: Then I must be thy lady, but I know
When thou hast stolen away from fairy land,
And in the shape of Corin sat all day,
Playing on pipes of corn, and versing love
To amorous Phillida. Why art thou here,
Come from the farthest steep of India.
No, never since the middle summers spring,
Met we on hill, in dale, forest, or mead,
By paved fountain, or by rushy brook,
Or in the beached margent of the sea,
To dance our ringlets to the whistling wind,
But with thy brawls thou hast disturbed our sport.
The spring, the summer,
The childing autumn, angry winter, change
Their wonted liveries, and the mazed world,
By their increase, now knows not which is which.
And this same progeny of evils comes
From our debate, from our dissension,
We are their parents and original.

Oberon: Do you amend it, then, it lies in you.
Why should Titania cross her Oberon
I do but beg alittle changeling by
To be my henchman.

Titania: Set your heart at rest,
The fairy land buys not the child of me.
His mother was a votress of my order,
And, in the spiced Indian air, by night,
Full often hath she gossiped by my side.

Titania: And sat with me on Neptunes yellow sands,
Marking th' embarked traders on the flood,
When we have laughed to see the sails conceive,
And grow big-bellied with the wanton wind,
Which she, with pretty and with swimming gait
Following – her womb then rich with my young
squire –
Would imitate, and sail upon the land,

To fetch me trifles, and return again,
As from a voyage, rich with merchandise.
Buth she, being mortal, of that boy did die;
And for her sake do I rear up her boy,
And for her sake I will not part with him.

Oberon: Give me that boy and I will go with thee.

Senfsamen: Sie hadern um einen indischen Knaben, sie hat ihn, er will ihn haben.

Titania: Not for thy fairy kingdom. Fairy, away.
We shall chide downright if I longer stay.

Oberon: Well, go thy way. Thou shalt not from this grove
Till I torment thee for this injury.

QU: San olle do?

B: Was haßt, san olle do? Na dann ruafs holt auf. Kollege für Kollege. Net, i man. Kultur in Betrieb. Net, Manuskript, schau eine.

QU: Na jo, do hob i aufgschriebn olle die in Froge kumman, net, für unser Theaterstickl vorm Generaldirektor, des is jo schließlich denen eaner Hochzeitstag auf d'Nocht.

B: Zerscht, liebe Andrea, i man Kultur in Betrieb sche und guat, was isn des fir a Stickl. Les hoalt die Namen vun de Schauspiela vur, net, daß ma zu aner Lösung kumman.

QU: Ha, weil des is nämlich de ganz merkwürdige G'schicht und da grausliche Tod vom Papyrus und Tipse.

B: Geh, des kann doch net stimman. Gib her. Jo, na, Papyrus und Tipse! A Bledsinn, Papyrus und Tipse! Des haßt Pyramus und Tispeè! Wo san die andern Schauspiela, ruafs auf, kummts stellts eich auf. Papyrus und Tipse!

QU: Also bitte, wia i eich ruaf . . . Nick . . . hier.

B: Sog, wos i spüln soll. I man also, doda.

QU: Du spülst den Pyramus.

B: Was is da Pyramus. A Liebhoba oda a Oaschloch?

QU: Was hast a Oaschloch, hearst. Des is a wahnsinniga Liebhoba, der bringt si sölba um, hearst. Gib da des! Der bringt si um wegn ana Liebe, mei Liaba.

B: Na jo, do miassat i jo wana, echte Tränen, wann i do in Zuschauerraum schau. Also in die Zuschaua, net? Na pass auf, i erzeug an Zyklon zwischen de Leut. Na und überhaupt, i bin jo, was haßt, des is jo eigentlich a Tyrann. Na geh, wort amoal, da schau i ins Original, hearst. Na, na, geh. Da spül i, daß die Katzn zum Heuln anfangen. Weil da muaß i so guat sei, des muaß dem Opi no auf die Omi hölfn. Wo hob i des Original. *(nimmt es)*

The raging rocks – and shivering shocks – shall break the locks – of prison gates – and phibbus' car – shall shine from far – and make and mar – the foolish fates – this was lofty! – Now name the rest of the players.

F: Nicht englisch! Immer englisch!

B: . . .

F: Die mit ihrem Englisch! Die verstehn doch überhaupt kein Wort am Abend!

B: Hearst, des is da Generaldirektor und sei Oide. Hearst, die lebena halbes Jahr auf Malta. Die kennan doch englisch. Englisch kann a jeda.

F: Ich nicht!

B: Du net. Aba i, und des is Scheksbier. Vastehst? Du wast ganz genau, daß mir uns ausgmacht hobn, daß ma bei da Orweit von Alkohol net amal reden.

F: Was hast du denn? Wer redet denn was von Alkohol? Hör mal, du hast doch gerade Shakespear gesagt, wo ist denn da der Alkohol?

B: Wo isn do a Alkohol? Is Bier a Alkohol oda net?

F: Au, das tut weh! Hugo, bitte, was sagt dir der Name Shakespear?

ST: Na jo, des is a Dichta, net?
Richtig, ein Dichter, wichtig!

B: A englischa, drum red i englisch. The raging rocks . . .

S: Jo, des heart si oba net schlecht an.

QU: Du host überhaupt nix zum Reden. Du spülst in Pyramus sein Vodan, i selba spü in Voda von da Tipse, und Snugi, wart amal, do kummt irgend so a Mistviech vur. A jo, Löwe. Also du spülst in Löwen.

SNU: Host du den Löwen gschrieben, weil der red jo nix, der brüllt jo nur. Hearts des is a, a sogenannte Scheißrolln.

QU: Na, do muaßt extemporieren. Net. Do griagst a Zeichen und dann brüllst.

SNU: Na, wia soll i denn des mochn.

QU: Bitte, der frogt mi, wi a des mochn soll. Brülln. Net, weil do, so kann ma net orbeiten. Was hast Kultur in Betrieb . . . irgendaner muaß jo wos sogn. I schreib eam a Rolln, damit er brüllt und er spült in Star. I man, da loß i des ganze Glumpat steh. I man, glaubst, daß mir des a Vagnügn mocht, in meiner gewerkschaftlich abgesicherten Freizeit in Deppen mochn. Für de zwa Weh und eanan bleden Hochzeitstog.

SNU: Na, sei do net glei so angriert. Des is a net lustig, wenn du sogst, i spül den Löwn und dearf dann nur brülln.

B (liest aus dem Original): Let me bee the lion too, I will roar . . .

F: Nicht schon wieder englisch, wir reden hier doch alle deutsch!

SNU: Du wüllst doch net behauptn, daß des deitsch is, was du do redst.

B: Na, mir is wurscht, i spül in Löwn a. Du, i brüll da, daß das Hemad aus da Hosn reißt. Du, i brüll so, daß alle Bam do im Umkras vun an Kilometa vawölkn. Der Oalde muaß schrein: no amoal, no amoal, no amoal . . .

QU: Na, und dann vaschreckst uns den Sepp. Und die Damen fangan an zum Schrein und iwamurgn stengan ma in aner Schlangan, nämlich beim Stempeln.

ALLE: Jo, des is a Bledsinn, geh naa . . . usw. . . .

B: Wieso? Des is doch a Unsinn. Do muaß i holt mei Stimm irgendwie zügln, net. Dann muaß i halt schrein, wia a, wia a, do muaß i holt schrein wia a Maus wanns gmolkn wird, net.

QU: A Maus kann ma net mölkn.

B: Bitte, wieso kann ma a Maus net mölkn?

QU: Weil ma kan Kiebl drunta bringt.

B: Ha Ha Ha! Des is a Bledsinn, weil mit deine Wortspiele . . . Allaweil mit deine Wortspiele . . . Wann i wüll, nämlich, wann i wüll, dann brüll i wia a schalldämpfte Nachtigoall . . . A muffled nightingale . . .

QU: Du kannst nur den Pyramus spüln. Net, weil des is a, a, a . . .

SNU: Wo de die Logik her hat?

QU: Wieso, Tschentelmen like men. Weil i kann nämli a englisch, serfor ju mast blei se Pyramus, und damit Schluß.

B: Wos fir an Boart?

QU: Warum? Was wie Boart! Moch wos'd wüllst.

B: Na, na, i glaub es is eha a strohforbana Boart, wos der hot. Net, oda mehr orange . . . mandarinen . . . a . . . a . . . purpur . . . a französische Kronen . . . France . . . a . . . gölb . . . stroh . . . a . . . schwarz . . . Boart, net, Gsicht, jo!

QU: Na, wos jetz! Boart net, Gsicht jo. Dann spülst hoalt glotzatgsichtich, wia a Bebioarsch. Bitte, geh ma net am Zentralnerv doda jetz.

SNU: Sympaticus!

B: Gloa, unsympathisch wüll i eam net spüln.

SNU: Na. Da Sympaticus is da Zentralnerv.

B: Awa do kennst mi nömlich net. Weil wannst wüllst, spül i in Zentralnerv a.

F: Apropo Nerv! Gestern hat mir der Zahnarzt – er macht gerade eine Wurzelbehandlung, weil das zahlt die Krankenkasse!
Also, hat er mir da hineingespült in einen Eckzahn mit so einer Düse – und dann ist die Flüssigkeit nur so hineingeschossen ins Zahnfleisch und das, was drüber ist, und ich sage euch, das hat mir einen Stich gegeben, das könnt ihr euch ja überhaupt nicht vorstellen. Weil, mir wäre es ja egal gewesen, wenn mich dieses Schwein nicht angelogen hätte. Nämlich er hat vorher gesagt, es tut nicht weh. Aber es war so, wie wenn er mir mit seinem Schlauch bis ins Hirn hinaus – versteht ihr . . .

QU: Bitte, was hot denn des mit unsara Probe z'tuan?

F: Ja nichts . . .

QU: Jo, wia kummst denn dann jetz mitn Zahnarzt daher?

F: Ich habe eben gemeint – wie es im Leben oft so geht, nicht.

SNU: Des Boarn is nämlich goar net so schlimm, wann sie da Zahnarzt umdraht und den Bohra vasteckt.

B: Bohra. I spül an Zahnarzt a no, der wos . . . na des ghert übahaupt ganz anders gspült. I siach die Rolln a völlig anders jetzt, da Pyramus is a Zahnarzt aus Börmingham und red nur englisch, und da Sölbstmoard, also der was dann passiert, also der durchbohrt sich, net. Und wann i die Logik von da Szene hernimm, mit was kann i mi durchbohrn. Frage.

QU: Hearst, der durchbohrt si mit an Schwert.

B: Bitte, wo steht denn des?

QU: Na do *(entreißt B das Original und liest)* enter a feiri ohne door ant Puck att an ota.

B: Wos?

QU: *(wiederholt schneller)* enter a feiri ohne door ant Puck att an ota.

SNU: Host du do a persisches Original?

QU: Wanns es so groß warts wie bled, miaßat ma eich des Essen mit da Flagg auffeschiaßn. Des is englisch.

B: Und ich sage zum letzten Mal . . .

F: Na was, zum letzten Mal, was! Englisch? Unser Publikum versteht kein Englisch.

B: Dann sollns es holt learnan.

F: Es kann doch nicht jeder zwei Jahre seines Lebens in England opfern, als Ampere-Mädchen.

Oberon: My gentle Puck, come hither. Thou rememberest
Since once I sat upon a promontory
And heard a mermaid on a dolphin's back
Uttering such dulcet and harmonious breath
That the rude sea grew civil at her song,
And certain stars not madly from their spheres
To hear the sea-maid'd music?

Puck: I remember.

Oberon: That very time I saw – but thou couldst not –
Flying between the cold moon and the earth
Cupid all armed. A certain aim he took
At a fair vestal throned by the west,
And loosed his loveshaft smartly from his bow
As it should pierce a hundred thousand hearts
But I might see young Cupid's fiery shaft

Quenched in the chaste beams of the watery
moon,
And the imperial votaress passed on
In maiden meditation, fancy-free.
Yet marked I where the bolt of Cupid fell:
It fell upon a little western flower,
Before, milk-white. Now purple with love's
wound,
And maidens call it "love in idleness"
Fetch me that flower – the herb I showed thee
once.
The juice of it on sleeping eyelids laid
Will make or man or woman madly dote
Upon the next live creature that it sees.
Fetch me this herb, and be thou here again
Ere the leviathan can swim a league.

Puck: I'll put a girdle round about the earth in fourty minutes!

Oberon: Having once this juice
I'll watch Titania when she is asleep,
And drop the liquor of it in her eyes.
The next thing then she, waking, looks upon
She shall pursue it with the soul of love.

Herma, Ludwig (Auftritt)

Ludwig: *(mit Spaten, Schlafsäcken)* Hermia! Hermia! Hermia! . . .

Hermia: *(kommt von der anderen Seite)* Ludwig, Ludwig, Ludwig . . .

Oberon: But who comes here? I am invisible . . .

Senfsamen: Er ist unsichtbar.

Oberon: And I will overhear their conference.

Hermia, Ludwig (Picknick)

Hermia: Zerscht wird gheirat!

Puck: *(kommt zurück)* Der draht mi do eine auf a Blume, auf a Kraut, nicht zum finden. Moment! Warum muaß des grod a Blume sein? Da hob i doch früher amoi so an Lolly ghobt, mit derselben Wirkung als wie ein Liebestrank. Wos haßt, die lowers wor'n vor Liebe krank. Ah, die Tania. Des is interessant. I kenn a Fee, sie is eigentlich a Krot, die ghert erlöst. Dann is zwar tot. Doch krieg ich dann die Zauberschlecker. Die hot a aoldes Zuckerlgschäft, ganz noh beim Sievaringer Bod. Jetzt werd ich mein Rucksockraketn zünden, und werd des Zuckerlgschäft ganz neu erfinden, weil des is gsturbn beim Greißlersterben, und Greißler habn jo kane Erben. I was, des vüle Reden geht euch am Wecker, ich fahr dahin und kumm glei zruck, mit ana Hand voll Zaubaschlecker. *(macht sich auf den Weg nach den Zauberschleckern) . . .*

Do bin i wieda. Die alte Unke hot net wolln, weil i ka Göld hob. Doch do san die Schlecka. I hobs gstohln. Der Oalden hob ich einen Blitz geschickt, von dessen Kraft sie jetzt noch in da Kuchl pickt. Hoffentlich find sich ein Maurer, der de oalde Wochtl aus ihre Fesslung löst mit ana Spochtl.

Oberon: Hast thou the Flower there?

Puck: Ay, there is it.

Oberon: I pray thee, give it me
I know a bank where the wild thyme blows,
Where oxlips and the nodding violet grows,
Quite overcanopied with luscious woodbine,
With sweet muskroses and with eglantine.
There sleeps Titania some time of the night.
Lulled in these flowers with dances and delight.
And there the snake throws her enamelled skin,
Weed wide enough to wrap a fairy in.
And with the juice of this I'll streak her eyes
And make her full of hateful fantasies.
Take thou some of it, and seek through this grove.

A sweet young lady is in love
With a disdainful youth-anoint his eyes;
But do it when the next thing he espies
May be the lady. Thou shalt know the man
By his speech; and garments he hath on.
Effect it with some care, that he may prove
More fond on her than she upon her love.
And look thou meet me ere the first cock crow.

Puck: Fear not, my lord; your servant shall do so. Ha, wos siech i do. Tuu Lowers. Haha. Na sowas. *(er steckt beiden einen Schlecker in den Mund)* Das ist der Loli, der eich enthemmt. Der jedes Becken des Gefühls ganz ohne Wasser übaschwemmt. Der jeden Ton, und wär er noch so leis, läßt schleichen in your ears and eyes. So, jetzt, wochds auf, wenn nor I'mgonn, sonst watscht mi noch der Oberon. *(er verschwindet)*

Oberon: What thou seest when thou dost wake
Do it for thy true love take
Love and languish for his sake
Be is ounce or cat or bear
Pard or boar with bristled hair
In thy eye that shall appear
When thou wakest, it is thy dear
Wake when some vile thing is near!

Dolferl: Hau doch ab, bitte . . .

Helene: *(tritt auf)* Bitte Dolfi, bring mi wenigstens um, daß irgendwos passiert.

Dolferl: Des tat da so passen. I tua da nix, tu du mir a nix.

Helene: Zwölfe wirds, bei der Kapölln solln ma sein.

Dolferl: Schleich dich, ich bitte dich. Kreul ma owe. Soll i mi auf de Knia haun.

Helene: Mein Herz hupft ma im Hintakopf vor lauta Renna. I kann nimma. Die Hermia is glücklich, der ihr Hawara hoalt. Warum muaßt du, du böser Mensch, des Soalz aus meine Augen für dei brutale Rindsuppn vawenden. Du, du Grauslicha, du bist was, was, wo nimm i nur an Vagleich her. Du bist a Grina Gurkenbär. Dein Hosenlappen ist verschloßtürt, paß auf jetz, wie barock i wer, du, du, du, du, holperiger Feldweg, unbogna Fölbabam. Du Tschik, du Rest von goar nix. Du politisiertes Minur.

A Diwision bist ohne Probe. So, jetz host das. Ha, des geht ma owe. Wenn ichs net anders schaff, dich für mich zu stimmen, dann drah di. Umbringa mogst mi net, aufwecken mogst mi net. Wos konnst du eigentlich, du schwarzes Loch im Universum. Des sog i da jetz, at perversum.

Dolferl: Hör auf. Hör auf. Hör auf. Hallo. Wer liegt denn da? Die Hermia und der Ludwig. Jessas. San de tot? Heh. Ludwig. Heh. Woch auf.

Ludwig: *(Springt auf)* Wo is, wo is, wo is. Wo is de Gluat, daß i die Zechen eineschieab. Oh, wo is die Frau. Au. Au. Wos woar denn des. Schau.

Helene: Ludwig, Ludwig, die Hermia *(umarmt sie. sie fallen auf den Boden).* Net so gschwind, die Hermia, Ludwig, Ludwig, wos mochst denn . . .

Ludwig: Mi homs vahetzt, hier und jetzt.

Helene: Sei zufrieden mit der Hermia.

Ludwig: Na, ana na . . . *(Liebesszene . . .)* Hermia, pfürt dich, i schlof do, es ist nicht zu fassen. Jetzt mog i de. Und de do tua i hassen.

(Ludwig rennt mit Helene weg.)

Hermia: *(Wacht auf)* Hülf ma Ludwig, hülf ma. Ludwig, a Schlangen kreult ma durch mein Busen. Jessas. A Schlangen, was für ein Traum. Ludwig, hearst mit beudelts, wia a Gluppensackl tua i scheppern. Ludwig. Waoohh. Der hot sie verdünnisiert. Der hot sich aufgelöst. Der hot mi do in Mond glahnt, dieses Schwein. Jetzt sitz ich hier. Im Woald. Unter an Bam. Allein . . .

(Dolferl rennt mit Hermia weg, Arbeiter kommen eun)

B: Also, san ma vollständich.

QU: Sicha, san ma vollständich. Also, des do, der greane Fleck do, die Stana, des is unsa Bühne, und do setz ma en Generaldirektor her, net.

B: Andrea.

QU: Wos wüllst denn scho wieda, Bursche?

B: Du, do kumman Sochn vur, in den Stickl. Des vaschreckt uns die Leit. Also den Bohra und den Zahnarzt, i man, i kennt jo a a Zahnärztin sei, die was lesbisch is. Aba na, des is zu intilligent, do kummans ma net drauf. Also i hob die Sexualität jetzt weitgehend eigschränkt und hob mi eha aufs Grausliche gschmissen, und do kumman Sochn vur, der ziagt a Schwert und sticht si o damit. So quasi Harakiri. Die Damen, konnst labn nocha, net, weil de san nocha alle dillt.

F: Was sind die nachher?

B: Dillt.

F: Was heißt das denn, bitte?

B: Gekippt.

QU: Wo solln de hiekippn?

B: Aus de Schuach.

QU: Net bitte, die oaldn Schmäh. *(geht zu einem Gegenstand)* Wast wos des is?

B: Was soll des sei?

QU: Des is de Boartwickl-Maschin, de was den Boart von den Schmäh aufwickelt.

B: Soll i ma jetz a Gelächta eistudiern oda wos?

S: Bitte, hearts auf. Fang ma an. Da wird wieda a halbe Stund diskutiert. A Zahnarztbohra oda a Mistgabl oda a Maschinengwehr, wann do steht Schwert, dann is eben a Schwert. Weil durt steht net Zukkienie, sondern Schwert. Weil der mit seina Hintafragerei treibt des nämlich mit seine

Argumente so weit, daß er dann, bei da Vurstöllung nämlich an ana z'langan Gnackwurscht dastickt, und das halte ich nicht für Werktreue, meine Herren, liebe Kollegen.

STA: Na, dann lass ma des Sterbn weg. Is jo a ka Gaude, wann ma an hamdraht, weil mir miassn jo net unbedingt denen Damen unsere Greueldaten auf . . . net, weil, weul do kann jo jeda . . . man i, bei de Damen . . .

B: Wos?

STA: Na, sichst as, des is weil du an net zum Wort kumman loßt.

G: Geh, i . . . geh . . . jeda Versuch von mir, hinta die Rolln zu schauen, wird doda nämlich zaredn. Mir spüln Scheksbier und mir wird vurgwurfn, daß i englisch kann, dann hobn alle die Hosn voll bis zum Hoalsleistl wegn dem deppatn Schwert. Jetz hob i mi für des Schwert entschieden und jetzt wüll da Starli wieda, daß i mi vielleicht mit an Goartnschlauch erdrossl, wos a net estetisch is.

F: Apropo Gartenschlauch. Da kann ich euch was erzählen. Es ist nur, weil er sagt Gartenschlauch erdrosseln. Der Sohn von meiner Nachbarin, der Walewska ihr Bub, weil mir das gerade so einfällt, der wäre ja beinahe einmal an einem Gartenschlauch zugrunde gegangen. Weil, da haben sie gespielt, die Burschen im Garten, nicht, und da hat er sich den Gartenschlauch so um den Hals gewickelt . . .

QU: Das interessiert keinen Menschen hier.

F: Na bitte, ich hätte es so gerne erzählt.

QU: Aba was, Goartnschlauch, Schwert, wos was i, dann schreib ma holt an Prolog net, der is gschriebn in – 23 Sekunden. Der Prolog, der handelt dann vun den Harakiri, no, und die Wiesn is gmaht. Diskussionen sind der Tod des Theaters. Deppat sowas. Der Bua hot an Gortnschlauch uman Hals gwickelt.

F: Ja wirklich. Plastikschlauch. Und so hat er ihn sich um den Hals gewickelt . . .

QU: Ruheeeee.

S: De werdn oba Ongst hobn vurn Löwn, net, die Damen.

ST: Jo i fiarcht, des vasprich i dir sogar.

B: Jessas, bleibts doch bei eich sölba. Sicha is a Löwe, wannst eam unta Damen bringst . . . net, oba . . . wos . . . a Löwe . . . a Löwe is halt amal gfährlich . . . da miaß man halt vafremdn . . . vafremdn wos was i, mit so ana Donald-Duck-Maskn wia in Disni-Lend.

S: Geh, Donald Duck, hearst, bist deppart. Donald Duck sagt a ma do.

QU: Kultur in Betrieb. I man, i hob scho vül Deppn gsegn in mein Lebn, aba so an wie mi, den hob i no net gesgn. Nämlich so einen Wahnsinnigen, der wos si do herstöllt, sei saure Zeit opfert, damit a si den Stumpfsinn do anhert.

S: Na goar nix, da schreib ma an zweitn Prolog, daß des ka Löwe is und aus.

B: Na ganz anders, des halbate Gsicht is Löwe und des andere is er sölba. Und durt wo er sölba is, redt er ausse, also Ledis and Tschentelmen – I would wish your, or I would request your, or I would entreat you – not to fear, not to tremble. My life for yours: if you think I come hither as a lion, it were pity of my life.

QU: Aus. Aus. Aus. Wenn du jetz no amal, jo, ins Englische ummefallst, streiche ich dich aus dem Gesamtwerk, is da des gloa? Net. Weil . . . mir fehlen die Worte.

SNU: Scheint eigentlich da Mond, wann mir spüln.

B: Bringts an Kalenda, an Kalenda, an Taschenkalenda, wo die Fasn drin san.

QU: Jo, der scheint in dera Nacht.

B: Bitte, wieso wast du des?

QU: I hob a Uhr, do san de Mondfasn drauf.

ALLE: *(stürzen sich auf QU)* Geh, loss schaun, wirklich, na geh . . . usw. . . .

QU: Na, des is jo gonz afoch. Der Mond is des Afochste, do kummt ana mit ana Taschnlampn und drahts auf, natirlich, na jo und dann jo mmmfff dann scheint da Mond.

SNU: Auf Hernals.

QU: Bitte, net jetz – Humor do eine – na, und die redn dann durch des Loch in da Maua.

S: Du kannst doch do ka Maua aufbaun. Wos sagts ihr?

B: Na, dann muaß halt irgendana die Maua spüln, is denn des wirklich so schwer. Nix, dem hengst wos um, so mit so Fliesn drauf, auf da Brust.

F: Apropo Fliesen. Einmal habe ich einen Herren gekannt, dort wo ich aufgewachsen bin, in der Garwolinska-Straße, in Warschau, und der Herr wäre beinahe beim Fliesenlegen zugrunde gegangen. Der hat sich den Boden so einzementiert, mit einem Weißzement, im Badezimmer so knapp neben der Wanne. Und so ein Zement, neben der Wanne, ist ja rutschig wie Glatteis. Und er geht gedankenlos hinaus, wie er wieder hereinkommt, steigt er auf den Zement, rutscht aus, fällt mit dem Hinterkopf auf das Porzellanwaschbecken, das geht in tausend Trümmer, und um ein Haar wäre er bewußtlos gewesen. Man denkt ja oft gar nicht nach, wie so etwas passiert. Nicht. Ganz einfache Fliesen! Kann man überall kaufen. Und man sieht – fast eine tödliche Waffe.

QU: Bitte, bitte, einmal noch, und du bist ebenfalls gestrichen. Ausradiert. Wir miassn probieren, jetz do. Pyramus.

F: Seit geraumer Zeit merke ich, daß das, was ich hier sage, überhaupt niemanden interessiert. Obwohl ich zum Thema gesprochen habe. Ich glaube, ich geh nach Hause.

B: Geh bitte, bleib jetz do, und die Maua griagt do so a Leintiachl umghengt, und do zeichn ma deine Fliesn drauf. So, do setz di nieda . . .

QU: Auftritt Pyramus . . . Auftritt . . . A u f t r i t t P y r a m u s !!!
Ja, ja, ja, das is es ganz genau. Red endlich Pyramus, Tispe, gemma.

B: Thisbe, the flowers of odious savours sweet – *(liest aus dem Buch).*

QU: Hearst, die Blumen von Odör gesüßt sich ringeln.

B: Die Blumen von Odör gesüßt sich ringeln . . . wer hot denn des übasetzt?

QU: I! Wannst nix dagegen host.

B: Aso, na jo guat, jo. Ich leg jetz des Original weg, gib jetz her, des Buach do, *(für sich)* den Schas. Odörs gesüßt sich ringeln. So hat dein Hauch meine geliebte Tispe dir, kaum noch ne Stimm. Steh du aber hier derweil ohn Grimm. Und bei und bei ich will zu dir gehören, ohn Schlimm . . .

QU: No, des hört sich oba goar net so schlecht an.

B: Grauenvoll is des. Grauenvoll. Des is jo üba die Bearbeitungen vom Klingenberg.

QU: Wos host du gegen die Bearbeitungen vom Klingenberg?

B: Also nix, gemma weida.

QU: Flutsch is de Tispe, gemma.

F: Most dreht meinen Pyramus. Most literweis von Heu. Von farblich der Rotros triumphierend abgerinnt. Most, bis zu der Feier. Und Most der lieben Daniela, so wie das treueste Pferd ihn nie mehr trinkt. Ich mähte dich, o Pyramus, zu . . . Minus Grad.

QU: Na, des klingt oba scho a bissl bled.

F: So treu, wies treuste Pferd, das doch nie mehr wollte seinen Reifen.

B: O, wär ich doch die faire Tispe. O no, wär ich doch dein faire Tispe. *(schmeißt das Manuskript weg)*

QU: Wie behandelst du mein Manuskript?

B: Das ist unspielbar.

F: Apropo unspielbar. Da war ich einmal auf einer Probe – rein zufällig – im Burgtheater. Das ist dieses, wo sie in den 50er Jahren eine Garage daraus bauen wollten. Aber das wißt ihr ja sowieso selber. Also – einer Probe habe ich beigewohnt, und da war so eine ähnliche Situation. Da hat einer gesagt, der Löwe zähmt den Panther – und der andere hat gesagt, er läßt ihm seine Flecke . . . also ganz und gar unspielbar.

QU: Wieso Flecke, des is jo falsch.

F: Ja, das weiß ich doch auch nicht. Er sagte ja, er läßt ihm seine Flecke . . .

QU: Des is total falsch. Des haßt Fleckn.

B: Wo hast Fleckn. Des is übahaupt ka hochdeutsches Wort, des is jo direkt ordinär.

QU: Na, wos isn die Mehrzahl von Fleck?

SNU: Fleckn.

B: Jo, oba nur bei Sonnenfleckn. Wannst Fleckn flickst, auf Flickn flickst auffe – aufs Gwand, also nähst, den Fleck mit an Zweck, ah mit an Zwirn wollt ich sagn, dann sagt man Flecke.

QU: Das is ein himmelschreiender Blödsinn. Des wär genauso, wenn i sagat, der Roland hat heute des Hemd an mit den bunten Flecke.

B: No, des geht net. Des konnst net sagn.

ST: Was ist denn das überhaupt für ein Fall?

QU: Na, a Ernstfall.

ST: Wia manst des, Ernstfall?

QU: Na, is des vielleicht ka Ernstfall, wann a Löwe hinter dir her is?

ST: Ich mein ja, was für ein Fall in da Sprache.

QU: Wos hast für ein Fall in der Sprache? Wann i in da Wüste geh, und hinta mir brüllt a Löwe, dann is das ein Ernstfall, da brauch i goar ka Sprache.

ST: Du vastehst mi net.

QU: I vasteh überhaupt nix mehr. Zerscht gehts um Flecke, dann red ma ana ei, wann mi a Löwe verfolgt, muaß i lochn, und geprobt wird überhaupt net. Des is doch lächerlich. Außerdem muaß des a Ernstfall sein, i kann niemals so schnell renna wia a Löwe.

B: Eben drum, miaßt i den Löwen spüln. Also.

QU: Es geht jetzt net um des, wer den Löwn spült. Es geht um den Fall. Und i probier so lang net weida, bis ma net ana vun eich an Dudn holt.

F: *(die momentan nicht zugehört hat)* Wo sollen denn wir in der Geschwindigkeit einen Toten hernehmen?

QU: Einen D u d e n ! Sperr deine selbagstricktn Haifischflossen auf. Einen Dudn wegen dem Pantha.

S: Also wegn einem Pantha würd ich eher Brehms Tierleben vorschlagen.

B: Lauta Narrn. Lauta Narrn. Ka Mensch kann mir eiredn, daß ma so orweiden kann.

QU: Es geht um den Fall des Löwen. Und eigentlich ist gemeint, das ein Löwens schneller läufst als ichst. Und daß ist nur herauszufinden bei Hinzuholung eines Dudens. Hab ich mich jetzt klar ausgetrixt?

F: Apropo Löwe. Das schnellste Tier ist nicht der Löwe, sondern . . .

S: nein, der Gepard.

SNU: Jojo, bis an 100er rennt der.

QU: Na eben, wann a Gepard hinta mir her is, hot er mi no schnölla wia a Löwe.

S: . . .

F: Ich sehe keinen besonderen Sinn darin, auf der Flucht vor einem Löwen, nach einem Duden zu schreien.

ST: Sehr richtig, und außadem hot a Gepard kane Fleckn, sondern Tupfn.

QU: Eben. Des hom ma gelöst. Is doch zu blöd. Flecke . . . da müßt ich jo sagn Tupfe. Also: ganz nackt von vorn . . .

F : *(beginnt sich auszuziehen . . .)*

QU: Wos mochst denn do?

F: Aber, du hast doch gerade gesagt: ganz – nackt – von – vorn . . .

QU: Ich meinte, ganzen Akt von vorn.

B: Wir hobn jo ibahaupt kan Akt, wir habn die paar Kaaszetteln do.

QU: So. I schlog ma die Nacht um die Uhrn. Trinke literweise Kaffee, und während die Röststoffe meine Magenschleimhäute massiert bedrohen, geht ein so ein Nichts, so eine politierte Doppelnull her und erdreistet sich, aus einer unverschämten Sprachröhre, vur alle Hawara, mein – unter größten Schwierigkeiten – ausgewundenes Hirn, als Kaaszetteln zu bezeichnen.
Wo noch dazu eine Probe, die gar kane is, durch hinterfozzige Diskussionen üba die afrikanische Fauna sabbodiert wird. Wo man mich unter Vorspiegelung der unmöglichsten Tatsachen in eine Gegend lockt, in der i nur hinters Licht gfiehrt werden kann, weils dort finsta is . . .
Die Probe ist b e e n d e t !

Puck: *(hypnotisiert B und setzt ihm dann eine Monstermaske auf)* *(Puck verschwindet)*

B: *(verläßt den Zustand der Hypnose und begibt sich wieder unter die Truppe, nicht wissend, wie er aussieht.)*

QU: Mücke, den Pyramus kannst du nicht verfremden. So arbeit i nimmer weida!

(Alles läuft davon. Roland steht allein da.)

B: Scheiß Summa . . .

Tania: Rodolfo Valentino . . .

B: Jo, wos soll i denn jetz mochn?

Tania: Komm her zu mir. Ach, bist du süß. Komm her. Rodolfo Valentino, du bist der schönste Mensch da im Bezirk. Eigentlich müßt ich sagen, damit sichs reimt: komm her, damit ich dich bezirz, du bist das liebst Gesicht da im Bezirz. Komm her da, und verführ mein Hirz.

B: Entschuldigen bitte, aber es ist, wos soll ich denn so. Ahh, öhh, jahhh. Gnädige Frau, öhhh es is ma, Sie san jo sehr modisch. Mir wärs jo a net unangenehm, sie duften jo a sehr guat . . .

Tania: Schanell.

B: Bitte, lieaba langsam. I kann net so schanell.

T: Du bist weise, oda i sags englisch jetz zu dir ganz zart. Thou art as wise as thou art beautiful.

B: Endlich englisch. Englisch – endlich!
And I do love thee. Therefore go with me.
I'll give thee fairies to attend on thee,
And they shall fetch thee jewels from the deep
And sing while thou on pressed flowers dost sleep
And I will purge thy mortal grossness so
That thou shalt like an airy spirit go.
Peaseblossom, Cobweb, Moth, and Mustardseed!

Senfsamen: Here is my mistress – I wish that he were gone! We take a short intervall now. Wir machen eine kurze PAUSE.

Oberon: How now, mad spirit, what news about this haunted grove?

Puck: My mistress with a monster is in love,
I cannot bear it. Titania waked and straightway loved an ass.

Oberon: This falls out, better than I could devise, stand aside.

(Dolferl und Hermia [stumme Szene] einander ebenfalls liebend irgendwo in dieser Gegend hier – schlafen wieder ein.)

Oberon: What hast thou done? Thou hast mistaken quite,
And laid the love juice on some true love's sight.
Of thy misprision must perforce ensue
Some true love turned, and not a false turned true.

Puck: Then fate o'errules, that, one man holding truth,
A million fail, confounding oath on oath.

Oberon: About the wood go swifter than the wind,
And Helena of Athens look thou find.
All fancy-sick she is and pale of cheer
With sights of love, that costs the fresh blood dear.
By some illusion see thou bring her here.
I'll charm his eyes against she do appear.

Puck: I go, I go – look how I go – *(Exit)*

Oberon: Flower of this purple dye,
Hit with Cupid's archery,
Sink in apple of his eye

When his love he doth espy,
Let her shine as gloriously
As the Venus of the sky.
When thou wakest, if she be by,
Beg of her for remedy.

(Enter Puck)

Puck: Captain of our fairy band,
Helena is here at hand,

And the youth mistook by me,
Pleading for a lover's fee.
Lord, what fools these mortals be!

Ludwig: Warum denkst du, daß i da nochrenn, umasunst? Hearst i rear scho fast vor dir. Hearst, wenn i rear und schwör, da muß doch Wahrheit dabei sein. I drah no durch.

Helene: Ach, du entwickelst dich zu so an falschen Freier. Ich kenn mich nicht mehr aus. Du manst die Hermia, net mi. Bitte, hol das. A Schwur, a Schwur und noch a Schwur. Die Schwüre do, die Schwüre zu mir, die Schwüre zu ihr. Verwirrt. Ich bin total verwirrt. Ludwig.

Ludwig: Des war unbewußt, des, zu ihr.

Helene: No, und was is des, was du jetzt machst zu mir?

Ludwig: Der Dolfi liebt sie, und er liebt nicht dich.

Dolferl: *(in der Nähe, wacht auf)* Hermia, Hermia, Hermia, Hermia . . .

Ludwig: Sei net so bled, vaschlofen bist. Na, du liebst die Hermia, des waßt du, i waß, sie waß und a jeda. Bitte, i schenk das. Nimm das mit ham und stöll das auf die Psyche, und do ist die Helene, die ghert jetz zu mir. Oft is es so schwer, so an Wahnsinnigen Sochen zu erklären.

Helene: Wos do glogen wird in einem Atemzug. No nie is ma des untakumma.

Dolferl: Ludwig, ghalt da die Hermia, i wüll niemand. Wanns so net geht, gehts so a net. I gibs auf. Und die Helene is ham. Durt bleibts und i, wos, wos waß i. Die Liebe is ein fürchterliches Ding. Ma sitzt mitn Oarsch auf ana Distel und kann vor Lust nicht aufstehen. Man sitzt, es sticht . . .

Ludwig: Helene ist nicht so.

Dolferl: Red net so von ihr, wenns du nix waßt. Imma die Goschn offen. Do schau. Wer do kummt. Durt is dei Gänseblümchen. Nimms, und aus.

Hermia: Ach, dunkle Nacht. Und ka Kapölln, und ihr sads do. Mit die Augen find i nix. Nur mit die Uhrn kann i suachen. Warum. Hearst Ludwig, host di gschlichen?

Ludwig: Wer hätt mi hoalden solln?

Hermia: Welche Zuneigung von irgendwo dohier, hot ma den Ludwig opreßt.

Ludwig: De do. Was suchst du mich. Mir zwa, mir hom uns zammghaut auf a Packl.

Hermia: Du sprichst net, wia du denkst. Dei Kopf is leer. Dei Hirn is hin. Do is plötzlich, i was net wieso, a verwölkta Zettel drin.

Helene: Moment. Do gibt a Spül des andere. A jeda nimmt den Huat und hoalt eam in die Luft, damit er zinkte Koarten fangt. Wenn mir net lernen, wer wen do mog . . . a wos, alles ausanand, alles vergessen, die Schul, die Kindheit, Freundschaft, Unschuld . . .

Ludwig: Guat, wanns fertig sads, dann sagts mas. Weil i muaß schnöll ins Unterholz. Mi jaukts von an Fuaß scho aufn andern. I glaub, des is die Prostata, die wird jetz undicht. Wer des erfunden hot; des funktioniert net. Sicherlich ka Japaner. Sunst schauat des olles anders aus.

Hermia: Kannst du net ohne Kommentar im Woald vaschwinden?

Ludwig: I mecht an segn, der iwa meine Witz no locht. Guat, i geh ohne Kommentar.

(Helene schreit Hermia an): Du woarst doch de, de den Ludwig aufghetzt hot, hinter mir her z'sei. Du, weil . . . du todbringende Birschten du. Du hast den Adolf zuwezuzelt. Vastehst. So schaut des wirklich aus. Warum tuat denn der Ludwig plötzlich die Zärt-

lichkeit zu dir verleugnen. Ja, ja, mi streichelt der jetzt. Des muaß an Grund ham. Anscheinend is des an dir vorbei, als wia a Licht oda a Schmetterling. Oba du woarst jo immer so. Wann i mi erinner . . .

Hermia: Also, i hob ka Ahnung, von wos du redst.

Helene: No, no. Ka Ahnung net, wovon i red. Seit Jahren schneidst du Gsichter hinter mir. Zeigst ma a V auf da Frisur do hint, daß i net siech; die andern lochen bled. Weil des sog i da kalt von Frau zu Frau, i holt di für a falsche Sau. Solche Manieren host du immer praktiziert. Ich halte dich für oder zu oder überhaupt um alles fähig.

Hermia: Mit da Grammatik hots scho imma ghapert.

Helene: So, und jetzt kummt ma ane aus. A Hand. Hearst i potz da a Vakehrte, de lern i ma gschwind ei. I suach mei Zentrum, i geh in die Knia.

Hermia: Geh bitte. Bitte! Wer fircht si denn vor dir? Wast wos, du kannst, per Zufall, hechstens, wannst ins Bett hupfst, an Goldhamsta dadrucken. Der wos dort eingenickt is.

Dolferl: Bitte, herts auf, herts auf.

Ludwig: Und jetzt wird graft. Die blauen Augen fliagen wie die Raketen umanond. Wia wanns beim Ländamätch mitm Balln den Wirschtelmann dawischen. Also kumm her, Dolfi, setz di nieda. Schau ma uns oll star restling a. Die Soche wird jetzt Ernst. Nur, Helene, jetzt red i wirklich nimma schief, ganz grod: ich liebe dich, sogt da des wos? Wenn nicht, dann drah di um und loss.

Dolferl: Ich sag, ich liebe dich, mit ana Kroft . . .

Ludwig: Ich versichere dich . . .

Dolferl: Steh Kopf oda auf die Fiaß, wira Mandl, oda bin i feminin . . .

Hermia: Ludwig, wo fihrt des alles hi?

Ludwig: Hinweg, du Schnalle . . .

Dolferl: Na, na, Moment, wos hast do Schnolln, wos hast do Schnalln, so geht des net. *(zu Ludwig)* Hoalt die zruck, sonst ball ich meine Faust, und in Minutenschnelle wirfelns mit deine Mülchzent in da Helle.

Ludwig: Wirfeln, wirfeln, in da Hölle, du Ogrosel-Tarzan. Do, samt deina Ribisel-Jean. Paß auf, sunst ziag i amal tief ei, i schnupf eich auf, ihr hengts daquer an meina Nosn. Und wos bleibt, ist Staub.

Hermia: Wos hobts denn, fangts zum Rafen a. Seids deppat? Des geht hin und her.

Ludwig: *(zu Dolferl)* Du Bauerntartar, du grauslicher. Jetzt schleichst dich, weil sonst ziag i dir dein selbagstrickten Oberkörpa obe, daß dir der Jochwind durch die Rippen heult.

Hermia: Is des jetzt Spaß oda Ernst?

Helene: Kumm, greif ma ein, die tuan si weh.

Dolferl: Durt schau hi. Durt. Den Stern, sigst. Durt nimm i di beim Wurt.

Ludwig: Das des nie anders geht.

Hermia: Männer. Burschen. Buam. Wind. Wossa. Regen. Sturm. Bin i jetzt dei Hermia, bist du da Ludwig oda net, bleibts auf da Erd. Sads es gscheit, wos, oda bin i bled. Warum hast du mich verlassen? Warum; durten im Woald, durt wo der Schlaf mich überweibt hat.

Ludwig: Na, na, na. I nimm a Packel Pfeiffenton und popp ma meine Augen zua, damit i sicha bin, daß deine Umrisse mei aufgewetzte Netzhaut nimmamehr berühren. Ich hasse dich. Du kannst da goar net vorstelln, wia. Und liebe die Helene.

Hermia: Also. Die Liebe ist gefladert worden. Wie i dort büselt hob, is ana kumma, und hots gnumma.

Helene: Außananderreißen, Zsammpicken, Außananderreißen, Zsammpicken . . . Wer is denn der unsichtbare Superkleber, der amal net halt und dann wida doch.

Hermia: Bodhur.

Helene: Sölba. *(sie raufen – Ludwig und Dolferl mischen sich ein.)*

(Oberon und Puck erscheinen.)

Oberon: This is thy negligence. Still thou mistakest.

Puck: Believe me, king of shadows, I mistook.

Oberon: Thou seest these lovers found a place to fight.
Skip tither and turn true love right.

(Puck bindet die Liebespaare zusammen.

Fallen alle 4 rund um den Diwan nieder und schlafen.

Tania und B am Diwan, B räkelt sich.)

Tania: Hast du Hunger? Nachher hab ich immer Hunger. Wie gehts dir denn. Mh, du riachst wia a Zimtschnecken.

B: Des san meine Favoriten. De hol i ma do unt vom Wannemocherbecken.

Tania: Kumm her. Drah di her zu mir. Mir is noch dir.

B: Was willst du schon wieder?

Tania: Des is foalsch.

B: Wos?

Tania: Die Situation ist falsch.

B: Wieso?

Tania: Das muß heißen. Was? Willst du schon wieder?

B: *(Lacht)* Wonn i ehrlich bin, also, i bin ka Kasanowa.

Tania: Heißt du nicht Jakob Neuhauser?

B: Wos soll der Unsinn jetzt?

Tania: Ich hab nur übersetzt.

B: Was haßt do, übersetzt.

Tania: Mit diesem Namen, mein Gliebter, hätt er seine Eroberungen nie gemacht.

B: Bitte wer?

Tania: No, der Jakob Neuhauser.

B: Wer war denn das? Quäl mich nicht so.

Tania: Na übersetz, Giacomo Casanova = Jakob Neuhauser.

B: A jo, wirklich. Mh.

Tania: Wüllst du Musik hören? Du siaßa Substitut vun ana frischen Kokoskuppel.

B: Na, do bin i liaba scho a Mozartkugel.

Tania: Oda a Kaiserschmarrn.

B: Na, bitte net spül die Kleopatra! De hot nämlich die Sklaven zerscht bochen in ihra verführerischen Pfanne, so wie du mi jetzt, und nocha hots sas dann zerstickeln lossen. Und des erinnert mi irgendwie stark an an Kaiserschmarrn. Und überhaupt: Staubzucker ist ungesund.

Tania: Hör auf jetz mit da Möhlspeis. Versuch doch, mich zu essen. Süße, schoarfe Kirschpaprika-Pfefferoni-Honig-Rahat-Schnurz.

B: Hearst, bist du schöpferisch. Kannst ma net, wie vurhin no a bissl Liebestechnik beibringa? So wie des indische Buach, wia haßts doch glei, des kamma-so-drahn oder so-drahn.

Tania: Na. Kumm, stopf ma den Mund, ich will dich küssen. Mein feminines Elfenbein saugt glücklich deinen Odem ein. Oh how I love thee. How I dote on thee.

B: O true apothecary thy drugs are quick thus with a kiss i die.

(Beide bleiben liegen.)

Oberon: Welcome, good Robin. Seest thou this sweet sight?
Her dotage now I do begin to pity.
My gentle Puck, take this transformed scalp
From off the head of this athenian swain,
That, he awaking when the other do,
May all to Athens back again repair
And think no more of this night's accidents

But as the dierce vexation of a dream.
And then I will release the Fairy Queen.

(Puck zieht B den Umhang aus und wirft ihn von der Insel.)

Direktor: Kärnten hat ja auch herrliche Wälder . . .

Egeus: Hermia. Hermia. Hermia.

(Egeus und Direktor finden die Schlafenden. Oberon und Tania sind fort.)

Egeus: Herr Direktor, i hobs. Do schlofts, mei Tochta. Und do is da Ludwig. Und do is da Dolferl. Do is die Helene. Des is ja a gemischtes Doppel.

Direktor: Ach Gott, die Jugend. Diese sexuellen Ausschweifungen. Wie gerne hätt mas gmocht, wir woarn holt viel zu feig dazu.

Egeus: Herr Direktor, HiHiHiHi. Von dera Seiten kenn ich Ihnan jo gor nicht.

Direktor: Ahhh, da könnt ich Ihnen Dinge erzählen. Aba, ich schweige wie das Grab.

Egeus: Wie die do liegn. Hearns die hobn kan Scheniera. Und do im Woald. Ja also i holat ma do a Eierstockentzündung.

Direktor: Sie sind hier genauso unbewußt wie in unseren Versammlungen. No, weck mas auf.

Egeus: Und bitte wie, so afoch schrein. Aufstehn?

Direktor: Na jo, dann lassen'S as uns probieren.

Beide: (schreien) Auf. Auf. Es hobts ka Schaus. Mir zwa haben einen Kreis gebildet.

Ludwig: (springt auf) Öhh, Herr Direktor. Entschuldigen. I wollt net, nämlich, i hob jo net wolln. I bin mit da Hermia do gwesen. Aah, i was a net wia, weil dann ja und so überhaupt und also nämlich ah wir haben eh ah, wie soll ich sagen . . .

Egeus: Genug. Genug. Herr Direktor, der hot, mei Tochter hot er vergenuss . . . eh wie soll ich sagen . . . balisiert sans . . . ah jo, drum hammas gsuacht . . . in mir gehts zua wie in aner Zentrifuge. I pick sölba an da Maua und konn net obafalln. Herr, schau herunter, aus dem schwarzen Loch der Nacht.

Direktor: Sind Sie eigentlich ein christlicher Gewerkschafter?

Egeus: Was hat das jetzt damit, ob ich kathol. . . hier mein Kind gebum. . . schändet vor Gott und der . . . jetz fallts ma net ei was . . .

Direktor: Und der Welt.

Dolferl: Bitte, ich möchte etwas erklären. Also mir zwa, die Helene und i, also die Hermia und die Helene, des haßt da Ludwig und die Helene und die Hermia und i und da Ludwig, also da Ludwig und die Helene, mir wolln, mir wolltn; es is jetzt umgekehrt. Ahhh, wir sind, ehh wir haben, die Geschlechter ausgewechselt, des is a Blödsinn, wollt ich sagen, umgetauscht. Also ich, der Ludwig und die Helene und die Dings; jetzt follts ma nimma ein – die Hermia – wir, also, das Objekt meines Vergnügens ist jetzt nur mehr die Helene, öhhh, ahh, sssss. Herr Betriebs. . . ehhöj wie soll ich sagen . . . Rat . . . weil die Hermia, uns hams vadraht do, do in den Stabruch do fliagen so Fäden durch die Luft. Er und sie und i und er und i und sie und er dann wieda sie dann wieda er, und jetzt kann i nimmamehr . . .

Direktor: Na ja, dann hat sich doch alles in Wohlgefallen aufgelöst. Sogts, wos habts denn ihr da a jeda für a Dorli.

Ludwig: Ja, das hat uns wer in Mund gsteckt.

Dolferl: Waldmeistergeschmack.

Direktor: Darf ich kosten.

Ludwig: Die Hermia hat nur kurz daran gezuzelt. Natirlich, kloar. I hoff net, Ihna graust.

(Direktor beginnt an dem Lolli zu lutschen und beginnt plötzlich, Bewegungen zu vollführen.)

Egeus: Kann ich auch einmal probieren?

Dolferl: Aba gern.

(Egeus: beginnt ebenfalls einen Lolli zu naschen. Er beginnt sich ebenfalls zu schütteln wie Direktor und schreit.)

QU: Woarts ihr beim Roland, kummt der jetz oda net?

STA: Ka Mensch hot wos vun eam ghert. Der is ohne Zweifel verschwunden.

S: Na, wenn er net kummt, kemma uns unser Stickl aufdirrn.

F: Apropo Dürren. In Tirol gibt es heute noch Bauern, die haben so lange Stangen, und auf die Stangen hängen sie die Birnen, und diese auf den Dachboden, wo sie verbleiben bis in den Frühling, um dort zu werden zu . . . Kletzen . . .

QU: Bitte, wir warten am Roland, und du redst von aner Kletzn.

F: No, wenn er nicht kommt. Über irgendetwas muß man sich doch unterhalten. Wir kommen ja mit diesem Stück überhaupt nirgends hin.

QU: Geh, des is net möglich. Aber du hast natürlich recht. Mir finden ja do in ganz Feakien net an Menschen, der uns so ausn Huat ausse an Pyramus mocht, wie er.

F: Er hat einfach die besten Eigenschaften von uns allen! – Dafür!

QU: Jojo, na, des is scho a klasse Person, net. Er is a, quasi irgend a Liebhoba, net. Er is a süße Stimme, net.

F: Nana, süße Stimme ist er nicht gerade. Apropo süße Stimme – das ist von Cocdeau und heißt geliebte Stimme!

SNU: Leidln, der Direktor kummt von dribn umma. Wos solln ma tuan.

QU: Endlich, wo bist denn, hearst! Es is doch scho zu blöd. Mir stengan do wie die Deppatn und überlegen, wie wir improwisieren solln, dast föhlst . . .

B: I muaß eich wos dazöhln. I bin damals von irgendaner Frau, so a reifere Frau halt, also während der Probe muaß i eigschlofn sei, und aufamal war ma im Holländaeck, des is a Wirtshaus, vastehst. Und i hob mi gfühlt wie a Eselhengst, i dazöhl eich des ollas, aba i kann mi jetzt net erinnern. Du i was nimmermehr. Gemma, gemma, ramts an Buss aus, Perücken, Requisiten . . .Tipse, ah Tispe, do des gebts eam, Nägel fürn Löwen auffe. So jetzt gemma, gemma, wir hobn ka Zeit. A Wahnsinn, niemand tuat wos, i bin irrsinnig frustriert. Steh net umanand, bitte. Bitte, tue etwas, daß deine Anwesenheit in eine Tätigkeit ausartet. So bittschön. Und ans mecht i no sagn: Hörts mir zu! Vor allen Dingen Tispe: Bitte, gehts net no irgendwo hin und freßts an Knoblauch oda Zwiefl, weil i wüll net mit an spüln, der wos an Gifthauch hot wia a Baselisk. Wir brauchen an siassn Otem. So wia wannst a Schaumrolln ausblost. Wo is jetz die Andrea?

F: Sie holt sie nuar wos.

B: Na so mach i des nimma, do scheiß i drauf.

Für das Folgende:

B	als	Pyramus	
F	als	Tispe	
S	als	Mauer	
STA	als	Mond	
SNU	als	Löwe	mit einem Trompeter vorne

QU: Was dies bedeuten soll, das wird euch wundern müssen. Die Wahrheit kommt ans Licht.
Der do is da Pyramus, falls as wissn wolln, i man.
Diese wunderschöne Frau ist Tispe.

Nebenan, der Mann, den was ich nicht beschreiben kann, vielleicht siecht ma an die Staner dran, wall, des hast auf deutsch, a Mauer, durch wos die Liebenden durch jene Wand, wenn sie so wollen, getrennet sand, doch mitn Hammer hot a Loch von uns schnell aner gmacht, damit de wischpern kenna, durch des Loch bei Nocht. Der do, mit da Latern, an Hund und Dornenbusch, des is da Mond, wos eh sechts. So, jetzt will da Mond was sogn.

STA: Ah . . .

QU: Gusch! Weil es miaßts wissen, die Pracht der Nacht ist jach entfacht, bei Mondscheins milchigichter Pracht, der Grizzley-Bär, das is ein Löwe, und der dient zum Schrecken auch bei Dunkelheit und Nöwl. Die Tispe, die dann vor Schreck schnö balisiert. Was man jo kennt in diesem Land. Die Tispe rannt, und uns bleibt nur der Mantel in der Hand. Die Hand des Pyramus ists, in dem Fall, der sich die Wirtschaft schreit und fuchtelt aufgregt total. Er ziagt sein Dolch, mocht Harakiri, und eigentlich dann miaßats aus sein. Aba nein: Zwischen Wall und Mond und Liebenden geheim, mischt sich a drum Dischkurs hinein. Des woar da Prolog, womit ich euch erreich, ich hoff, nun zieh ich zruck mich, indem ich mich jetzt schleich.

B: Oh Nacht, oh Nacht, ach, ach, ach, Himmel ach, oh Nacht, die niemals Tag ist, und nicht werden kann, oh Nacht, oh Nacht, o weh, o Nacht, ach, ach, ich fürchte die Tispe hot des Stichwort überhert, des hast, des Raundevu vagessn, und du, oh Mauer, Mauer, Mauer, nur du allein, kannst des vasteh, drum bin i sauer, doch du oh Mauer, die wo du stehst und trennst den Grund von deinen Vattern und den unsern, oh Mauer, Mauer, Mauer,

o Mauer süß, oh Mauer sauer, zeig mir ein Loch, damit ich doch, meine Kipfler strecken kann durch diese Höhle, um aufgeregt zu sehen in Tispes Höhle.
Oh böse Mauer, wodurch ich seh an Kaas, vor lauter Staner . . . de kummt net, de kummt net, de kummt net, was soll i mochn, i was net, vielleicht is meglich, daß i daweil eich unterhalt mit an Dracula-Gebiss, öh ajo, Staner, Staner öh, was kennt man sogn . . . es is zum Wana.

QU: Bist deppat, des is de Tispe, net du. A Wahnsinn – this is the Tispe, na, des is wieda englisch, wo is denn. Wann kummts denn. A jo: des Loch, oba wos, jetz geh i wieda ins Original zruck, wia hasts: yonder she comes.

F: Oh Mauer, Mauer, Mauer, wie oft hast du mein Seufzen drinn gehört, daß i zsammkumm mit mein Pyramus und mir, meine Kirschenlippen haben oft geküßt die sauren Weichselsteine, die Staner präpariert mit Lahm und, und äh . . . Apropo Lahm: mit Lehm is des oba im Regen sehr gefährdet. Wann des naß wird, dann kamma . . .

QU: Entschuldigung, Herr Direktor. Es is nur die Nervosität, schlechte Generalprobe, gute Prömiere, des wissen'S jo eh, Herr Direktor . . .
. . . deine Steine gekittet mit Lehm . . . so jetz fallts mir a net ei, des is halt . . .

B: Geh, herts auf jetz do. Moch weida!
Ah, do is a Loch, i sich a Stimm, ah do kann i spionieren, jo, no was is doch, des ist Tispes face. Oh ist es nicht Tispe, a na, net Original Gesicht . . .

F: Meine Liebe, du bist meine Liebe, ich denke . . .

B: Denk, was du wüllst, ich bin dein Lieb-Haber. Jo, reima tuat sie des net, aba des is halt, wann Frauen

solche Sochn schreiben, net!
O, küß mich durch das Loch, von dieser Wand.

F: Ich küsse nur das Loch. *(Privat)* Wia soll i mit de Lippn denn do durch . . .

B: Des is jo nur symbolisch. Jetz her auf, bitte, allaweil die Diskussionen. Der hoalt de Finger so, und i kumm jo a net durch. Do schau her, immer, immer, immer Schwierigkeiten, so schau her, i zag das. Ich küsse nur das Loch von . . . wia haßt des.

F: Wand.

B: No, Wand.

F: Jo, also. Ich küsse nur da Mauer Loch, nicht deine Lippen all, ich sag es halt, es is a Schand, ewig wird bleiben diese Wand.

B: De bringt mi ins Grab.

F: Des war ober nur sinngemäß.

B: Des war net sinngemäß, des war ehrlich.

F: Oh Dolch. Oh Dolch. O Weh. O Weh. I come without the lei. Original: zerreißt des Busn Schnee . . . *(sie stirbt – beide gehen)*

S: Was soll i sogn, wir hobn z'wenig Proben ghabt. Wia i immer gsagt hob.

S: Das Stückl steht, die Mauer geht.

SNU: *(ist nun gezwungen, als Löwe zu kommen)* Meine Damen, de wos sie vor dem Leben fürchten, hobts ka Angst. I sogs eich glei, ich selbst bin von Gefahren frei. A wenn i brüll, hot des nix z'sogn, i loss eh nur mei Oalde jogn. Denn wenn i wirklich als Löwe daherkumm, dann friß i an vun eich, und dabei bin i stumm.

Direktor: Das ist aber kein guter Löwe.

QU: Bitte, wir san heit olle unterkonditioniert.

F: Tralalala. Ein Löwe! Snug als Lion. Oh, Entschuldigung, des is glaub i foalsch. Na, brüll endlich, du Depp.

SNU: A so. A jo. Des hob i vagessen . . . Uuaaaa-ahhhhhhhh . . .

Direktor: Na jo, des war jetzt endlich amal wos, gebrüllt hat er gut, also für mich is jo der Löwe der beste Schauspieler bis jetz.

B: Dann schaun Sie sich Ihnen den Löwen an und lassen uns in Ruah.

Direktor: Na, na. Jetzt also. So wars doch nicht gemeint. Man wird doch eine Kritik anbrinken dürfen.

B: Jo. Oba net bei mir. Weil i vatrog ka Kritik.

QU: Spiiiiiiiiiiileeeeeeeeen!!! Proobee geeeht weiiiiter!!!

B: Also bitte. Süßer Mond, sei aglocht, fir deine hellen Sunnanstrohlen . . . So. Und jetzt hearn'S Ihna den Untaschied a. I zag Ihna wos. Jetzt heran'S Ihna amoal des a:
I thank thee, moon, for shining now so bright
For by thy gracious, golden glittering beams
I trust to take of truest Thisbe sight.
But stay – O spite! But mark, poor Knight,
What dreadful dole is here?
Eyes, do you see? – How can it be?
O dainty duck, O dear!
Thy mantle good – What, stained with blood!
Approach, ye Furies fell.
O Fates, come, come, Cut thread and thrum,
Quyil, crush, conclude, and quell.

Direktor: I vasteh zwar goar nix, oba es gfallt mir viel besser.

B: Des hob i a immer gleich gsagt, oba die wolln jo net. Helfen Sie mir, Herr Direktor. Im Sinne des Europäischen Gedanken. Also
Out sword and wound
den Pyramus zu Tode. Oh stirb, o stirb, also also also
Nun bin ich tot, Now I'm dead

Zunge verlier das Licht, Lunge ah Auge verlier die Zunge
des is holt, ma kummt deroart durcharanond.
So jetzt scheiß i drauf . . . stirb, stirb, stirb, stirb, stirb, stirb! *(er stirbt)*

Direktor: Haha, do müßt ma fost einen Chirurgen rufen, daß man wieda hinbringt.

F: Asleep, my love?
What, dead, my dove?
O Pyramus, arise.
Speak, speak. Quite dumb?
Dead, dead? A tomb
Must cover thy sweet eyes.
These lily lips,
This cherry nose,
These yellow cowslip cheeks
Are gone, are gone.
Lovers, make moan
His eyes were green as leeks.
O sisters three,
Come, come to me
With hands as pale as milk.
Lay them in gore,
Since you have shore
With shears his thread of silk.
Tongue, not a word!
Come, trusty sword,
Come blade, my breast imbrue. *(she stabs herself)*
And farewell friends.
Thus Thisbe ends.
Adieu. Adieu. Adieu. *(she dies)*

Mond: I bin da Mond.

B: *(kommt gelaufen)* Passn'S auf, Herr Direktor, und jetzt bring i Eana no den Epilog auf englisch.

Direktor: Nein, bitte, keinen Epilog. Keinen Epilog, bitte.

B: Na gut, bitte, wenn Sie wünschen, Herr Direktor. Ah jo, Herr Direktor, was ich fragen wollte, wie hots Ihnen denn gfolln?

Direktor: Jo, no . . . könnt ma noch ein bißl proben, sonst . . .

S: Bitte, 5 Sätze für die Mauer!

Puck: (teilt Lollis aus . . .)

Oberon: (wakes Titania)

Be as thou wast wont to be,
See as thou wast wont to see.
Dian's bud o'er Cupid's flower
Hath such force and blessed power.
Now, my Titania, wake you, my sweet queen.

Titania: O Oberon! What visions have I seen!
Me thought I was enamour'd of an ass.

Oberon: There it lies!

Titania: How came these things to pass.
O how mine eyes do loathe his visage now!

Oberon: Silence a while dear heart! *(he kisses her)*
And this by that I prove
Loves fire heats water
Water cools not love!

Puck: If we shadows have offended
Think but this, and all is mended.
That you have but slumbred here
While these visions did appear,
And this weak and idle theme,
No more yielding but a dream,
Gentles, do not reprehend.
If you pardon, we will mend.
And, as I am an honest Puck,
If we have unearned luck
Now to scape the serpent's tongue,
We will make amends ere long.

Else the Puck a liar call.
So, good night unto you all.
Give me your hands, if we be friends,
And Robin shall restore amends.

Oberon: Ich bin ein armer Feenkönig . . .

Flute: Apropo Feenkönig, da weiß ich auch eine Geschichte . . .

(ALLE stürzen schreiend davon!)

ENDE

IRRTUM ÜBER IRRTUM

freie Bearbeitung von Shakespeare's Komödie
der Irrungen von
HERWIG SEEBÖCK
Musik: Exe, Thomas Waldmüller

EGON	ein Kaufmann
ÄBTISSIN	Oberin vom Kloster
1. NONNE	Begleiterin der Äbtissin
2. NONNE	Begleiterin der Äbtissin
ANDI aus Knösiedl	Sohn von Egon
ANDI aus Drösiedl	Sohn von Egon
DROMI aus Knösiedl	Gefährte des Andi/Knö
DROMI aus Drösiedl	Gefährte des Andi/Drö
ADRIANA	Frau des Andi/Drö
LUCIANA	Schwester von Adriana
SOLI 1	1. Machthaber in Drösiedl
SOLI 2	2. Machthaber in Drösiedl
PEPPO	Gendarm in Drösiedl
BALTHASAR	ein Gerichtsmediziner
ANGELA	eine Goldschmiedin
NELLI	ein Küchenmädchen
1. KAUFMANN	
2. KAUFMANN	
Dr. PINSCH	
KURTISANE	

Ort der Handlung: Drösiedl

Die Szene spielt auf einem Platz, angedeutet das Cafëhaus, das Kloster, das Haus der Adriana, das Gerichtstribunal, freies Gelände.

Uraufführung: Wien – Sieveringer Steinbruch,
am 10. Juli 1990, durch das Seeböck-Ensemble,
Regie: Erika Mottl

1. Szene

(Egon irrt mit zwei Koffern, einem Fernrohr und etwaigen Reiseutensilien umher, er will über die Grenze von Knösiedl nach Drösiedl. Er läßt die Koffer liegen und eilt hinter einen Busch, um seine Notdurft zu verrichten. Peppo, ein Zöllner, erscheint.)

Peppo: Koffer in der Wildnis, das kann nichts Gutes bedeuten. *(Er entdeckt Egon.)* Keine Bewegung! *(Er umkreist Egon und sucht ihn nach Waffen ab.)*

Egon: Get out of my luggage!

Peppo: Maul halten!

Egon: Sorry!

Peppo: *(Sucht nach seiner Dienstvorschrift, liest . . .)* Was soll ich tun? . . . Vorzuweisen . . . oder ich gebrauche von der Waffe . . . ich waff von der Waffe gebrauf . . . gebrauch . . . Paß oder Leben . . .

Egon: Ich hab keinen Paß . . .

Peppo: Wos is des jetzt, In- oder Ausländer?

Egon: Malta! Ich hab lange Zeit in Malta gelebt.

Peppo: Wieso Malta?

Egon: Wieso, bitte, nicht Malta?

Peppo: Ja eh, wieso net Malta . . . Vorweisen!

Egon: Was bitte?

Peppo: Den Paß!

Egon: Ich hab keinen Paß.

Peppo: Ach, Sie haben keinen . . . *(er ruft seinen Hund)* Wasserwerk, so hülf ma doch . . .

Egon: Des is a offene Anstalt, gell?

Peppo: Mäul halt'n!

Egon: Ich wollte Ihren Lockruf nicht interruptieren.

Peppo: Wo kumman'S denn überhaupt her?

Egon: Von da drüben . . .

Peppo: Aus Knösiedl? Oho! Wer aus Knösiedl kummt, hängt bei uns.

Egon: Ach so?

Peppo: Ja, Tatsache!

Egon: Na, derf ich Sie vielleicht bitten, mir zu sagen, wo ich mich da hier befind?

Peppo: In Drösiedl!

Egon: Herr Inspektor, schaun'S, do bin i richtig! Schaun Sie, Herr Inspektor, ich such des nämlich schon die längste Zeit *(gibt ihm Schmiergeld)*, schaun'S, do red ma vielleicht nimma drüber . . . und wissens was . . . Grüße an die Gattin, ich werd Sie höheren Orts für eine Medaille vorschlagen, wenn Sie mich bitte . . . nur keine Schwierigkeiten, samma scho furt *(nimmt seine Koffer und versucht zu flüchten).*

Peppo: *(zählt das Geld)* . . . wegen dieser kleinen Summe werd i do net meine Staatspflichten . . . weil vorher schiaß i da a Tunnel mitten durch's Hirn.

Egon: Was machn'S?

Peppo: A Tunnel schiaß i da . . . mitt'n durchs Hirn, die Semmeringbahn mach i aus dir!

Egon: *(dreht sich um, bleibt stehn)* Was wissen Sie über die Semmeringbahn?

Peppo: Die Semmeringbahn ist die erste Bergbahn Europas, erbaut von Karl Ritter von Ghega! . . . So, schau, der rennt ma davon, des derf er ja net . . . halt, umdrahn langsam, stop!

Egon: Sie sind ja betrunken . . .

Peppo: *(nimmt Egon fest)* Jo jo, kann sein . . .

Egon: Wo bitte bringen Sie mich hin?

Peppo: Mia ham do so unsere Methoden, Blitzgericht, und dann kummst in die Vitrin . . .

Egon: Bitte, wo kumm i hin?

Peppo: In Spiritus. Wia sagn's immer bei uns, als abgeschrecktes Beispiel. Erst hängen's die auf wie an Adventkranz und dann kummst in d'Vitrin, zerscht wird noch dein Ochs hummiert, . . . i woaß zwoa net, was des haßt, aber . . . des wirst scho sehn, los da Zeit . . . *(beide in lauter Diskussion ab).*

2. Szene

Soli 1: Endlich jemand zum Aufhängen, es wurde schon langsam langweilig, ausgezeichnet! Wo ist die Anklageschrift?

Soli 2: Ei . . . die Anklageschrift . . . die is . . . die Anklageschrift, die is gesprengt . . .

Soli 1: Gesprengt! Ausgezeichnet! . . . Oh!

Soli 2: Ja! Und unser Garten, den haben sie auch gesprengt!

Soli 1: Auch gesprengt . . . bestens!

Soli 2: Und auf dem Tisch tat die Anklageschrift lieg'n, und die is ganz in Tinte gehalten, und durch Zuhinfügung von dem Wasser ist die Tinte zerronnen . . .

Soli 1: Das heißt der Garten wurde gesprengt, nicht gesprengt . . .

Soli 2: Sag ich ja!

Soli 1: Ja, drück dich gefälligst deutlicher aus, du Trottel!

Soli 2: War ich undeutlich?

Soli 1: Du weißt, wie ich das mein. Bau das Tribunal auf!

Soli 2: Jo! . . . Aber das Tribunal, das ist ja schon aufgebaut . . .

Soli 1: Ja eben . . . ach so . . . ja . . . dann bau es eben nicht auf . . . häng den Strick auf . . . stell dich doch nicht so an . . .

Soli 2: Wann ich nur nicht so faul wär . . .

Soli 1: Wir haben jemand aufzuhängen, in einer viertel Stunde, also bitte . . .

Soli 2: Aufhängen?

Soli 1: Recht doch!

Soli 2: Das ist was anderes . . . wer wird denn heut Richter?

Soli 1: Ach ja! Ja, da werden wir halt wieder losen müssen wie üblich . . .

Soli 2: Jo!

Soli 1: Rot ist Richter, schwarz ist Staatsanwalt.

Soli 2: Nee, ich möcht, daß es heut umgekehrt ist. Ich möcht, daß heut schwarz Richter ist und rot Staatsanwalt.

Soli 1: Na ja, könn ma machen, bitte! Zieh eine Karte! Also wer ist es? Würdest du jetzt, bitte, endlich eine Karte ziehen, und außerdem, wo sind die Verschworenen?

Soli 2: Noch net hier!

Soli 1: Und der einzig Endgültige?

Soli 2: Noch net da!

Soli 1: Das heißt also, es ist wieder kein Schwein da.

Soli 2: Sag ich ja!

Soli 1: Maul halten!

Soli 2: Tu ich ja!

Soli 2: Mußt du ständig das letzte Wort haben?

Soli 2: Nee, muß ich nicht!

Peppo: Majestät, der Endgültige!

Soli 1: Wer sind Sie?

Egon: Wer ich bin? Egon mein Name!

Soli 1: Na, da kann man nichts machen.

Egon: Ich möchte mich hier in aller Form beschweren, daß ich mit so einem Vollidioten hier herumrenne, was glauben Sie eigentlich, wo ich mich hier befinde?

Soli 1: Vor einem Kriegsgericht, Militärgericht, wie immer Sie wollen, bitte schön, wieso?

Egon: Ach so!

Soli 1: Bitte!

Soli 2: Ich ruf ja schon: Bitte, die Konspiratoren da, ihre Plätze einzunehmen! *(Die Konspiratoren kommen und nehmen ihre Plätze vor dem Tribunal ein.)*

Soli 1: Wir beginnen mit der Verhandlung.

Peppo: Geht no net!

Soli 1: Wieso?

Peppo: Der Gerichtszeichner ist noch nicht da!

Alle (Konspiratoren): Vielleicht holt ihn einer!

Soli 2: Wo bin ich denn hier? Zerrt ihn vom Lager, wenn er in den Armen der Wollust liegt.

Egon: Wozu, bitte brauchen wir einen Zeichner, fotografieren wäre doch viel einfacher.

Soli 1: Sie, mischen Sie sich ja nicht in unsere Gesetze hinein, ja!

Soli 2: Ja, wenn da nämlich einer etwas zu sagen hat, dann . . .

Soli 1: Schweig! . . . Wo ist, bitte, die Anklagebank?

Peppo: Hama no nie ane g'habt!

Soli 2: Also, wo is denn die Bank? Ich seh mich amal um!

Peppo: Bitti gar schen, bleib do, mia ham kane.

Egon: Ich steh gern!

Soli 1: Sollen wir einen Stuhl als Bank anerkennen?

Soli 2: Nee, das ist unüblich!

Soli 1: Jetzt Schluß, der Stuhl ist eine Bank, der Zeichner wird hingerichtet.

Zeichner: *(kommt)* Oje, oje, oje . . . Euer Ehren meine Verehrung! . . . *(sieht Egon)* Das ist also der Auserwählte . . . toi toi toi für drüben . . .

Soli 1: Also, nehmen Sie bitte Platz.

Zeichner: Ja!

Soli 1: *(zu Zeichner)* Nicht Sie! *(zeigt auf Egon)* Er, bitte!

Egon: Ja!

Soli 2: Aber der Stuhl ist keine Bank!

Soli 1: Wenn jetzt noch einer behauptet, daß der Stuhl da keine Bank ist, wird er aufgehängt!

Egon: Warum wollen Sie jetzt den Sessel da aufhängen?

Soli 1: Sie, Sie, hindern Sie Ihren Humor, ja! *(zu Soli 2)* Die Anklageschrift verlesen, bitte!

Soli 2: Absichtlich soll ich mich jetzt verlesen?

Soli 1: Du sollst, ach schweig! Meine Herren Verschworenen!

Konspiratoren im Chor: Und Damen!

Chor (Männer): Frauen!

Chor (Frauen): Männer!

Soli 1: Ruhe!

Chor (eine Frau): Weiber!

Chor (ein Mann): Mauna!

Soli 1: Ruhe! Meine Verschworenen ... und Verschworer ...

Soli 2: Nee, Schwörer.

Chor: Bitte, ich möchte spätestens um 8 Uhr zu Hause sein ...

Egon: Ich auch!

Soli 1: Ruhe! Die Anklageschrift bitte!

Soli 2: Ja, ich les quasi schon, ah ja *(zieht einen Zettel aus der Tasche, liest).* Geliebtes Schweindi, hoffentlich hat es dir gestern Nacht gefallen ... ah nee, da is ma was ... Ei, Verzeihung ...

Soli 1: Wo ist die Anklageschrift?

Soli 2: Die ist doch gesprengt!

Soli 1: Ach so, ja! Dann improvisiere, Idiot!

Soli 2: Jetzt soll ich, das geht doch net ...

Soli 1: Also was ist?

Soli 2: Ich muß es doch erst ausprobieren! *(nimmt Stellung ein)* Der Mann da ist als Feind über die Grenze und aus Knösiedl, und er hat seinen Paß vermangelt und dann noch ... und einen Verteidiger hat er auch keinen ...

Chor: Den mach ich!

Soli 2: Endlich, in mühevoller Nachtarbeit haben wir uns die Knösiedler zum Feinde erhiesen, und dann wird er aufgehängt.

Chor: Jaaaaaaaa ...

Soli 2: Oder er zahlt so eine Summe von 10.000.000 Lösungsgeld.

Chor: Bähhhhhhhh ...

Soli 2: Nämlich für seine Freveltat, nämlich als Feind über die Grenze ...

Chor: Buhhhhhhhh ...

Soli 2: Dann wird er trotzdem geviertelt oder quartiert und aufgehängt ...

Chor: Iiiiiihhhhh . . .

Soli 1: Also, was war Ihr Motiv für die Tat, bitte?

Egon: Motiv? . . . Mein Schicksal . . . das, wie ich glaub, unerklärbar ist, das soll ich jetzt . . . das ist die schwerste Aufgabe, die ich da jetzt hab, aber ihr, ihr, ihr und die ganze Welt solls hören, wie's mir geht . . . Ich bin geboren in Knösiedl . . .

Chor: Aha!

Egon: Hab da geheiratet die liebste Frau der Welt, und wir waren fleißig, und wir wurden wohlhabend, ich war viel geschäftlich unterwegs. Meine Frau hat und zwei Kinder, zwei Kinder hat sie mir geboren, eins ausgschaut wie das andere, Söhne . . . unterscheiden haben wir's nur können durch ihren Namen.

Chor: Zwillinge?

Egon: Ein Zwillingspaar!

Chor (eine Frau): Zwei Zwillinge.

Chor (andere Frau): Unsinn, das wär'n vier.

Chor (wieder andere Frau): Aber nein, ein Zwilling!

Chor (ein Mann): Zwillingsbrüder.

Chor (anderer Mann): Ein Zwilling sind zwei!

Chor (eine Frau): Wie kann einer zwei sein?

Chor (andere Frau): Beim Zwilling ist das so . . .

Egon: Nein, einer gleicht dem anderen . . .

Chor (Frau): Reden Sie nicht, wenn Sie gar nicht wissen, was Zwillinge sind.

Egon: Ich weiß nicht? . . . Also, wie's dann soweit war mit der Niederkunft . . . because we stayed in the same Hotel where another . . . also wo eine andere niedrigere Person . . .

Chor: Hahhhhh?

Egon: Na, a Schlamp'n . . .

Chor: Du, du, du!

Egon: Eine Dame, eine Dame ward ebendort selbst anderen Zwillingen entbunden. Sie lieferte sie stolz ins Leben, gleichfalls gleich meine Frau ... but she was to pour to raise their Kids ... also ich kaufte ihre Söhne als Spielgefährten für die meinen. Meine Frau natürlich, erregt durch das ganze Geschehnis, hat heim wollen, unwillig habe ich eingewilligt, aber schon, schon war'n wir am Schiff ...

Soli 1: Wo war das ganze überhaupt?

Egon: Von Malta weg ...

Peppo: Wieso Malta?

Egon: Wieso bitte nicht Malta? Zwanzig Meilen waren wir schon auf See, der Himmel war uns gar nicht günstig, den perfekten Tod hat er uns garantiert, die Seeleut, die sind ins Rettungsboot und hab'n uns, generös von ihnen, das sinkende Schiff geschenkt. Meine Frau natürlich mehr ängstlich für den der was später kommen is, also für den später Geborenen, bindet ihn einfach an einen Mast, such as die Seefahrer sich von die Stürme schützen ...

Peppo: Den Stürmen ...

Egon: Den Stürmen is des wurscht ... also den einen Zwilling von uns hat's angebunden an den Mast und mit ihm auch one of the other Twistes zu sich herzuwazogn und anbunden. Ich hab einstweilen auf den vorderen Mast die anderen zwei Buben gesavt und mich ... auf einmal machts einen Wuscherer ... aus, hob i glaubt, is mit unserm Leben, aber wie das natürlich immer so is, brach dann die Sonne hervor, deflourierte quasi die schiache Wolkenbrut und beruhigte die See, at once ... we discovered two ships, zwa Schiffe san gekommen, aus verschiedenen Richtungen san die gekommen, die ham uns ausgemacht wie wir im Wasser alsa nasser so sinnlos hin- und hergflötzt ...

Soli 1: Wie bitte?

Egon: Geflötzt, ge . . . flötzt . . . float, floater, Flos, zwa Schiff . . . zwa Schiff . . . I can't talk anymore, nach Retz liegt Schweigen.

Chor (Mann): Wos hot er g'sogt?

Chor (anderer Mann): Still bitte!

Egon: Sie müssen sich das vorstellen, so knapp vor der Rettung, erfaßt uns eine Strömung und wirft das Fragment von unserem Schiff an einen Felsen, daß es in der Mitte auseinanderbricht. Trennung . . . ich seh noch, wie der bessere Teil meiner family aus der See gezogen wird und auch wir werden aufgeangelt von an anderen Schiff, und nach haben wir ihnen wollen, but to slow of sail this fucking ship, so mußten wir umkehren, und mein Schicksal ward, durch das Geschehen traurige Geschichten zu erzählen, verlängert.

Soli 1: Jetzt kannst nimmer mehr schweigen, was is denen passiert, was dir, man kennt sich ja nicht mehr aus!

Chor: Ja, wirklich!

Egon: Der mir gebliebene Sohn, vor 7 Jahren hat er begonnen seinen Bruder zu suchen, er ist fort, ich bin ihm später nach. 5 Sommer, 5 Sommer bin ich um die Welt gereist, in Asien, Indien hab ich mich herumgetrieben, bis ich schließlich nach erfolgloser Suche, sogar in Südamerika bin ich gewesen . . .

Soli 1: Ah, da ist Ihnen der Gedanke, auch bei uns in Drösiedl zu suchen, gekommen . . .

Egon: Wie an jedem Ort, wo Menschen sind. Doch da ist er offensichtlich auch nicht, so liegt mein Schicksal jetzt in Euren Händen . . . na, so hängt's mi halt nur . . .

Chor: *(bejammert Egon laut)*

Egon: Oder i treib des Geld auf, und Euch is leichter. And happy were I in my timely death . . . and all my Pravor warrant me, they live . . .

Peppo: Was hat er g'sagt?

Soli 2: Ei, wenn sie noch wo leben, wenn er wenigstens wüßte, dann könnt er wenigstens ruhig sterben, is doch net so schwer . . .

Soli 1: Unglücklicher Egon, 24 Stunden geb ich dir Zeit, treib das Lösegeld auf, du bist zum Tode verurteilt.

Egon: Was??? Bitte, bitte . . .

Soli 1: Gut, ich bin kein Ummensch, 2 Tage, aber keine Minute länger, so du Freunde hast in Drösiedl, schnorr sie an um Geld, denn Geld regiert die Welt.

Lied

Soli 1: Egon, Egon, Egon . . .
make thyself ready for quest of life
take thyself to the age of jive . . .
Chor: One, two, one two three four . . .
we grudgingly open thy prison door
get in town and try to get paid
try that keenly, lest you are dead.

One, two, one two three four . . .
Soli geht a move on shut the door,
Egon, listen, freedom for thee
is now a bore.
Soli 1: We've got a sword to wipe your head off.
We don't care on your merchant's sleeves
in two days listen you will
hang from the eaves.

The jail gates open the town door shut,
your little brittle life thread will be cut . . .
now get in town and try to get paid . . .
try that keenly, lest you are dead.
Chor: One, two, one two three four . . .
Soli get him out and lock the door . . .
let him briefly shuffle out . . .
he looks weak, but he's yet stout.

Zwischenspiel Tanz

Soli 2: Egon, get that money and you'll be free
that's the fact we'll grant wish thee
Soli 1: Get that money or I can tell
you'll be in heaven or you'll be in hell
Chor: We've got a sword to wipe your head off
we don't care on your merchant's sleeves
in two days, listen you will
hang from the eaves. *(alle ab)*

3. Szene

(Erster Kaufmann, Andi aus Knösiedl, Dromi aus Knösiedl)

Dromi aus Knö: Haben Sie Feuer?

1. Kaufmann: In Columbien ist wieder Ruhe!

Dromi aus Knö: In Ordnung *(untersucht den 1. Kaufmann nach Waffen).*

1. Kaufmann: Wieviel wolltest du dir ausborgen?

Andi aus Knö: 10.

1. Kaufmann: 10?

Andi aus Knö: 15!

1. Kaufmann: 11, 12, 13, 14, 15 *(reicht ihm den Schuldschein zum Unterschreiben),* zuerst noch eine kleine Lapalie, das mit den 70% ist eh klar! Zinsen!

Andi aus Knö: 80!

1. Kaufmann: 80? Sehr gut! Jetzt brauchst nur noch a bisserl unterschreiben.

Andi aus Knö: Dromi, was zum Schreiben!

1. Kaufmann: Ach ja, was ich dir noch sagen wollte . . .

Andi aus Knö: *(zu Dromi, der all seine Waffen auf den Tisch legt)* Zum Schreib'n brauch i was, kan Sondermüll.

1. Kaufmann: Was ich dir sagen wollte, da hat man gerade irgendsoeinen Kaufmann verhaftet, nur weil er aus Knösiedl kommt.

Andi aus Knö: Du wast net, daß wir aus Knösiedl san, klar?

1. Kaufmann: Natürlich nicht, wir sind doch Freunde, oder?

Dromi aus Knö: Sicher sa ma Freunde, also! Ab! *(sucht den Kaufmann wieder nach Waffen ab und schickt ihn weg)* Also 15 Tausender, do wird g'lebt!

Andi aus Knö: Trag's ins Hotel und laß in Safe einsperren.

Dromi aus Knö: Wieso?

Andi aus Knö: Na, mit dem miaß ma wieder 2 Monat auskommen.

Dromi aus Knö: Mit de paar Nätsch wüllst 2 Monat, na, a bissl was fürs Essen und so, na geh . . .

Andi aus Knö: Ab in den Safe . . .

Dromi aus Knö: Na, an Tausender?

Andi aus Knö: Gemma!

Dromi aus Knö: Na ja, gemma, viel Glück! *(Dromi ab)*

Andi aus Knö: Glück? Des kann i brauch'n, 7 Jahr bin i do jetzt unterwegs in der Weltgeschichte und hab weder mei Mutta, no mein Bruada g'fundn. Dauernd muaß i ma a Geld ausborgen von dem Wappler . . . was wird der Papa machen . . . suach amoi a Gwandlaus in an Kostümdepot . . .

Dromi aus Knö: *(kommt)* Do bist hearst, i ruachl do herum wia a Trüffelschwein und du . . .

Andi aus Knö: Du bist scho wieder da?

Dromi aus Knö: I bin unhamlich z'spät, bitte. Die Hendln brennen an, die Sau fallt vom Spieß, i hab Loch im Mag'n, na, du hast kan Mag'n, aus is, vorbei. Die Chefin wird haß, weil's Fleisch kalt wird, kumm jetzt, zah an, weil sonst kriag i wieder meine Flasch'n.

Andi aus Knö: Dromi, wo is des Geld?

Dromi aus Knö: Die 15 Schilling vom letzten Mittwoch? Die Chefin hat sie an Sattel machen lassen, und i hab's in Sattler geb'n als Trinkgeld. I hab's net, ehrlich!

Andi aus Knö: Dromi, i bin net so sportiv, daß i do jetzt Humor zeig, mir san d fremd, wo hast du die 15.000 hingeb'n, Wahnsinniger?

Dromi aus Knö: Is a Witz, gell? Machst an Schmäh? Ziagst mi auf? Jetzt gehst z'weit! Kumm, i ham, is die Oide bamstig, dein Fehler wischt's mir übers Mäul . . .

Andi aus Knö: Was hab i dir auftrag'n?

Dromi aus Knö: Du hast mir gar nix auftrag'n, daham ham's des Essen auftrag'n, und wer nicht zum Fressen kam warst du. Der Punching-Balla, glaub i, schleicht si jetzt . . . wirklich.

Andi aus Knö: Dromi . . . Dromi . . . der Witz is zwar guat, hat aber leider Nachsaison, wo is des Geld? Wo is des Geld, das ich dir geb'n hab?

Dromi aus Knö: Du mir a Geld geb'n? Nie!

Andi aus Knö: Jetzt hast glei ane!

Dromi aus Knö: Bitte, hau ma ane eine, hau ma zehne eine, aba zah an, weil dei Oide setzt uns an Lawapudding auf.

Andi aus Knö: Was für a Oide?

Dromi aus Knö: Deine! Du amnesischer Ostereierpolierer!

Andi aus Knö: Paß auf, jetzt host ane! Du Sau!

Peppo: *(kommt)* Her'n Sie, sagn'S net Sau, des Schwein is heilig do bei uns in Drösiedl! Pfüat Ihna! *(geht ab)*

Andi aus Knö: Also, wo sama stehn blieb'n? Dromi, Dromi . . . der hat des Geld verlurn . . . *(läuft hinter Dromi her, ab)*

4. Szene

Adriana: Neither my Husband, nor the slave returned, that in such haste I sent to seek his master. Sure, Luciana it is two o'clock.

Luciana: Perhaps some merchant hath invited him . . . good sister let us dine and never fret, a man is master of his liberty. Time is their master, and when they see time, they'll go or come – if so – be patient sister.

Adriana: Why should their liberty than ours be more?

Luciana: Because their business still lies out of door.

Adriana: Look, when I serve him so he takes it ill.

Luciana: O, know he's the bridle of your will.

Adriana: There's none but asses will be bridled so.

Luciana: Zwaa is, Ende des Englischunterrichts.

Adriana: A ja, guat, und wo bleibt der Kerl?

Luciana: Des hab i dir scho gsagt . . . Die Männer san halt busy, Sitzungen, Gelage, Arrangements. Aufgehalten wird eahm aner haum. Jetzt sitzt er wo mit an . . . in aner wichtigen Besprechung . . . na? Und jetzt muast warten, ärgern kannst di . . . wenns dir hilft.

Adriana: Desweg'n hast du nie geheiratet!

Luciana: Na, i hab andere Schwierigkeiten.

Adriana: No immer die im Bett –

Luci: Na, no na net?

Adriana: Na, geh, schau Luci, du wirst schon noch den Richtigen finden . . .

Luci: I hab ihn ja schon gfunden . . .

Adriana: Supa, he, na sag, wer is es?

Luci: Na, des kann i net sag'n!

Adriana: Na komm, jetzt sag.

Luci: Na!

Adriana: Wieso, was hat er, is er arm? Is er schiach?

Luci: Na.

Adriana: Ja, was hat er denn?

Luci: A Ehefrau hat er!

Adriana: Luci!

Luci: Was soll i denn tuan?

Adriana: Wie stellst du dir das vor?

Luci: I was a net.

Adriana: I mein, wie soll das werden mei? Wie stellst du dir das vor?

Luci: I was a net!

Adriana: Ich mein, wenn das jemand erfährt mei? Hast du ihn gern?

Luci: Ja freilich . . .

Adriana: Mein Gott Kind, schau, vielleicht kann er dir bei deinem Problem helfen, aber . . . einmal ist keinmal.

Luci: Manst wirklich?

Adriana: Ja!

Luci: Und die Frau?

Adriana: Na ja, meinen Segen hast und die vergiß . . .

Luci: Danke!

Adriana: Ja, es wird alles gut! *(es klopft)*

Dromi/Drö: Mahlzeit!

Luci: Der Dromi, do is der Andi a net weit!

Dromi/Drö: Bin schon da!

Adriana: Bist schon da . . .

Dromi/Drö: Grennt bin i wia a greyhound auf an glühenden Schamanenpferd.

Adriana: Wo is der Andi?

Dromi/Drö: Der? Der is . . . also er . . .

Adriana: Du weißt, wo er ist . . .

Dromi/Drö: Sicher . . .

Adriana: Hast du ihn getroffen . . .

Dromi/Drö: Sicher!

Adriana: Und?

Dromi/Drö: I versteh eahm net . . .

Adriana: Was bitte?

Dromi/Drö: Na ihn, bitte!

Luci: Hat er wirr dahergredt? Is a zuah?

Dromi/Drö: Na, zuah is a net . . . de halt'n no mie für deppert . . . na wirr nicht, aber doch . . .

Adriana: Kommt er jetzt nach Hause oder nicht?

Dromi/Drö: Ja! . . . Oder nicht!

Adriana: Du Sau!

Dromi/Drö: Net sag Sau, sonst is er wieder sauer.

Adriana: Wer?

Dromi/Drö: Na er *(Adriana schlägt Dromi).*

Adriana: Kommt er jetzt nach Hause oder nicht?

Dromi /Drö: Bitte, wos waß i, bitte, i sag ihm, er soll ham kumma, sagt er: wo is mei Geld? Sag ich: das Fleisch verbrennt, sagt er: wo is mei Geld? Sag i: die Oide kocht, schreit er: Scheiß Oid. . . also wer du bist quasi . . . und daß er dich nicht kennt.

Luci: Wer?

Dromi/Drö: Na er . . . na, dein Mann!

Luci: Mein Mann? Aber i hob doch kan!

Dromi/Drö: Sein Mann, ihr Mann!

Adriana: Ihr Mann?

Dromi/Drö: Mein Mann!

Luci: Deiner?

Dromi/Drö: Meiner, Deiner, Unserer, Ihrer . . .

Adriana: Irrer!

Dromi/Drö: Ja, Irrer, mia fliagt eh schon die Schädeldecken weg . . .

Adriana: Dromi, sofort holst du ihn nach Hause . . .

Drö: /Drö: Na, na, soll sie a anderer in die Gosch'n haun lassen.

Adriana: Schleich dich, du Williamsbirn! *(Adriana wirft Dromi zur Tür hinaus)*

Peppo: *(steht vor der Tür)* Was hast denn du für a G'schau?

Dromi/Drö: Wann des so weitergeht, kauf i mir a Eishockeytormanngwandl, 5 Schichten Daunen, und der Rest is Leder! *(ab)*

Luci: Warum hast denn jetzt den armen Dromi ausseghaut?

Adriana: Weil er'n verzaht zum Saufen und zum Speiben, Karten spielen und Kegel scheiben, frißt und sauft infam, irgendwo und net daham. Luci! Eine Kette hat er mir versprochen, Perlen, Amethisten, Diamanten, Juwelen, Smaragde, Rubine! ... *(geht vor die Tür)* Eine Kette, Peppo, kannst du dir das vorstellen?

Peppo: Sicher kann i des, i bin ja net blöd, Weiberleit, hysterisch alle miteinander.

Adriana: *(zurück ins Haus)* Gold, das ist der Ring der alles zusammenhält, Luci. Wer mir eine Kette heiß verspricht und dann so falsch und ekelhaft ist, weil er mich nicht mehr will, weil ich ihm nicht mehr gefall und weil er mich nicht mehr anschaut ...

Luci: Na, des stimmt doch net ... *(ab ins Hinterzimmer)*

(Andi aus Knö und Dromi aus Knö treffen aufeinander)

Dromi/Knö: Bin eh schon da, grennt bin i wia ... wast, was des für a brada Weg do eine is, des kannst da anschaun, ka Taxi gnumma, weil ich hab gespart, wir müssen's uns einteilen, ich hab das eingesehen, net, aber vom Gehn kriagst natürlich an Hunger, an klan Imbiß, an lunch ...

Andi/Knö: Hast dirs anders überlegt?

Dromi/Knö: Na, net anders überlegt, es is no desselbe Gfühl wie vorher, so eigentlich wie seit 3 Monat ... Hunger, hob i ma gedacht, bled, weil gehst bei der Hauptstraßen vorbei, da ham's an Chinesen, des kost an Nep bitte ...

Andi/Knö: Ah, hast des Geld wieder g'funden?

Adriana: *(kommt aus dem Haus)* Luci!

Dromi/Knö: Na, net g'funden das Geld, i hob ... also g'funden, na, i hob des ... na, des is nämlich so g'wesen ... i hob net alles in Safe einebrocht, drum hob i ma docht, nimmst vielleicht do a bißl was fürs Essen mit, net, kummst wohin, net?

Andi/Knö: Na, do wird die Oide aber no bamstiger werden, wama do fressen und net daham . . .

Dromi/Knö: Was denn für a Oide?

Andi/Knö: Mei Frau!

Dromi/Knö: Aso, dei Frau . . . na ja, wann ma a klane Peking-ent'n . . . geh, du hast ja gar ka Frau! Bin i da wieder eineg'falln . . .

Andi/Knö: Hearst, du glaubst, i mach an Witz . . . *(wirft ihm den Hut vom Kopf)*

Dromi/Knö: Hearst des hot scho amoi ana g'macht, der lebt aber nimmer . . . heb ma den Huat auf . . . du hebst ma sofort den . . . Danke.

Andi/Knö: Sag amoi, hast an Hitzrausch oder was?

Dromi/Knö: Du bist bummnudelzua. Hauch mi amoi an. Ah net, eh net!

Andi/Knö: Sag, was war'n des zerscht für Antworten?

Dromi/Knö: Was für Antworten?

Andi/Knö: Na, du hast g'sagt, du hast des Geld net, was i dir geb'n hab . . .

Dromi/Knö: Was hab i . . .? Oja, hab i eh no, was is denn jetzt . . .

Andi/Knö: Do grad vor 5 Minuten . . .

Dromi/Knö: Na, wo war i denn vor 5 Minuten, du Poidl?

Andi/Knö: Paß auf, du . . .

Dromi/Knö: Na, was is . . .

Adriana: Ah . . . der nimmt überhaupt keine Notiz von mir . . .

Dromi/Knö: *(zu Adriana)* Hallo!

Adriana: *(zu Andi/Knö)* Ich bins, die Adriana!

Dromi/Knö: Stell mi vor!

Andi/Knö: *(zu Adriana)* Meine Freunde sagen Andi zu mir . . .

Adriana: Deine Frau! . . . Liebe hast du mir einst geschworen, Schnucki! Geh, schau doch nicht so blöd!

Andi/Knö: *(zu Dromi)* Kennst du de!

Dromi/Knö: *(zu Andi)* Schau nicht so blöd, Schnucki!

Adriana: Gut, ich versteh, du willst nicht mehr, da hast du deinen Ehering wieder, ich reich die Scheidung ein und aus. *(wirft ihm den Ring vor die Füße)*

Dromi/Knö: Heb den Ring auf, heb den . . .

Andi/Knö: Entschuldigen Sie, da muß eine Verwechslung vorliegen, ich mein ich bin hier . . .

Dromi/Knö: Hearst, tua net plauschen, gemma, des san zwa Professionelle, die pack ma net finanziell . . .

Luci: *(nähert sich)* Andi, du Sau! Na des hätt i nie von dir gedacht!

Andi/Knö: Sag'nS net Sau, sonst hot er Ihna bei de Ohren . . .

Luci: Wer?

Andi/Knö: Er!

Dromi/Knö: I!

Adriana: Andi, Schnucki, Schatzi, Putzi. . .

Andi/Knö: Dromi!

Dromi/Knö: Bin eh do!

Andi/Knö: Dromi!!

Dromi/Knö: Na, na, na, na, Moment amol Schneewittchen, so geht des net, ja!

Adriana: Du bist an allem Schuld, Dromi!

Dromi/Knö: I glaub, de mant mi, ha?

Andi/Knö: Ja . . .

Dromi/Knö: Ich glaube, Sie meinen mich . . . *(zu Andi)* grins net deppert, glaubst i merk des net . . . *(zu Adriana)* paß amoi auf Dornröschen, ja, in deinem eigenen Interesse möcht ich dir raten, solche Ungezogenheiten in Zukunft zu unterlassen, es kann nämlich der Gesundheit schaden.

Adriana: Dromi! Tui, tui, tui *(gibt Dromi eine Ohrfeige)*.

Dromi/Knö: O.K. Setz ma den Huat auf, du hast es ja nicht anders wollen, die Diskussion ist für mich beendet, weil da stell ich mich net her, na wirklich net, weil da bin i ma nämlich zu guat . . .

Andi/Knö: Sag amoi, hast du mit der konversiert oder was . . .

Dromi/Knö: Hearst, i kenn de oide Frustwachtel net . . . Halt mi z'ruck, sonst d'erschlag ich's, halt mi z'ruck, halt mi z'ruck . . .

Andi/Knö: Hearst, sag amoi, was is los mit dir, wüst mi einetheatern oder was?

Dromi/Knö: Was wüll i, theatern?

Andi/Knö: Antworte miroderich . . .

Dromi/Knö: Ich heiße Dromi, nicht Roderich.

Andi/Knö: Wast, was du bist? Ein Schlatzgnom, eine Witzfigur, ein mieses Kreatin!

Dromi/Knö: Vielleicht no was oder . . . irgendsowas . . .

Andi/Knö: Moment! Vielleicht hab i irgendwo g'schlafn und de ham mi . . . eh scho wissen . . . de is schwanger und suacht an Depperten . . .

Dromi/Knö: Na, wanns an Depperten suacht, hätt's mi g'fragt . . .

Luci: Geh, jetzt hört's auf zum Streiten, das Essen is fertig!

(Dromi geht wie hypnotisiert ins Haus)

Andi/Knö: Moment, Dromi, du stehst doch auf zwa Fias . . .

Dromi/Knö: Na, i steh auf drei, i steh am Schwaf als wi a Aff, i friß des Gras aus ana Dachrinn, und der Kaiser Kreon spült mit de Hostien vom Pater Hermann Diskus . . . gemma was Essen kumm . . .

Andi/Knö: I glaub, dir ham's den Verstand zertret'n?

Dromi/Knö: Na, g'sprazt ham's eahm!

Adriana: Andi, Essen!

Dromi/Knö: Jo, gemma liaba, sunst zwickt's uns, daß ma ausschaun wia a Wald noch an Entlaubungsschaß!

Andi/Knö: Hau ma ane eine, i glaub, i dram . . . *(Dromi zwickt Andi)* . . . Na ordentlich, des san immer . . . *(Dromi haut Andi eine hinein)* . . . Na, i bin wach . . .

Dromi/Knö: *(geht zur Tür)* Also, ich soll fragen . . . nach Ihnen . . . *(sie gehen ins Haus)* . . . na, do riachts ja schon feierlich, was wird gegeben?

Adriana: *(versperrt Dromi den Weg)* Du nicht, Dromi!

Andi/Knö: Dromi, du nicht . . .

Adriana: So, und jetzt wird auf die Tür aufgepaßt, Dromi. *(Andi und Adriana ab ins Hausinnere)*

DromiKnö: Glaubst, daß wer was davontragt, ha? Des derf ja gar nicht wahr sein, das ist ja ein Niemandsland do bitte . . . lauter Depperte hearst, da spuukts ja, mein Gott, na, lauter G'spenster in Fünferreihen, auf jeden Häusl sitzt a Gnom und zwickt di in die Eier . . . *(setzt sich vor die Tür)*

(Andi und Dromi aus Drösiedl kommen . . .)

Andi/Drö: Mach net a G'sicht wia Watschenmann, Dromi, mir san unhamlich spät dran . . .

Dromi/Drö: Des war da früher wurscht . . .

Andi/Drö: Wos hast früher . . .

Dromi/Drö: Hearst, zerscht kriag i von dir meine Watschen, dann von da Oid'n, weil du net hamkummst, i glaub i bin der Familiensandsack . . .

Angela: *(kommt)* Andi, Andi . . . Andi, guat, daß i di triff . . . du es geht um die Kette . . . also, ich hab jetzt da einen neuen Stein . . .

Balthasar: *(kommt)* Begrüßung! Hallo, Dromi . . . Ja, grüß Sie, Frau Angela!

Angela: Grüß Sie, Herr Balthasar!

Balthasar: Ja, küß die Hand, Sie sehen wieder einmal großartig aus . . . Herr Andi, gut, daß ich Sie treffe . . .

Andi/Drö: Dromi!!

Dromi/Drö: Na, muaßt di erst entschuldigen . . .

Angela: Also, der Stein, der würde da so prächtig liegen . . .

Andi/Drö: Sehr gut . . .

Angela: Es würde nur ein kleines Sümmchen mehr kosten . . .

Balthasar: Herr Andi, es geht um die neue Waffe, die Sie bei mir . . . gekauft haben . . . ich hab ja eine double-action, das ist gegenüber einer single-action, da müssen Sie nicht zweimal durchladen, da können Sie gleich . . .

Dromi/Drö: Einer nach dem anderen, ja . . .

Angela: Also, würdest du jetzt die Kette mit dem neuen Stein nehmen . . .

Andi/Drö: Vielleicht können wir das drinnen besprechen, ich bin etwas verspätet, ich lade euch zum Essen ein . . . und da können wir dann gemütlich plaudern . . .

Angela: Oh fein, was gibt's denn heute? Hühnchen?

Balthasar: Ein Prathuhn . . . *(sie kommen an die Tür)*

Andi/Drö: Dromi, würdest du bitte aufsperren . . .

Andi/Knö: *(drinnen)* Wie lang dauert denn des? Wie lang dan denn de no . . . hallo!

Nelli: *(drinnen)* Hallo!

Dromi/Knö: *(drinnen)* Ich bin der Dromi, na servas, das outfit erinnert mich an meine Omi . . .

Dromi/Drö: *(draußen)* Was ist denn da los?

Nelli: *(drinnen)* Was machst denn du da?

Dromi/Knö: *(drinnen)* I paß auf die Tür auf . . .

Dromi/Drö: *(draußen)* Wenn do aner aufpaßt, dann bin i des, du Dolm!

Dromi/Knö: *(drinnen)* Wer is do a Dolm, hearst? Paß amoi auf, i reiß da glei ane!

Peppo: *(draußen)* Kana reißt do wem ane! Wann do ana umadumhaut, dann i!

Dromi/Drö: *(draußen)* Ja bitte, der hat angefangen . . .

Dromi/Knö: *(drinnen)* Wer hat angefangen, du Schneebrunzer?

Nelli: *(drinnen)* Was is'n des für a Buschkawü do draußen?

Peppo: *(draußen)* Bauchredner, eindeutig!

Dromi/Drö: *(draußen)* Nelli, Nelli, du der Andi . . .

Nelli: *(drinnen)* Na, der Andi will jetzt net g'stört werden . . .

Dromi/Drö: *(draußen)* Soll i lachen oder was? Soll i di niederrammeln do dann?

Nelli: *(drinnen)* Kannst ma sag'n womit?

Dromi/Drö: *(draußen)* Na, haßt eh, Nelli, machst es auf die schnelli, net!

Nelli: *(drinnen)* Du g'hörst ja in Häfen hearst . . . *(sie geht auf Dromi/Knö los)*

Dromi/Knö: *(drinnen)* Na, wor des i? Des wor net i!

Dromi/Drö: *(draußen)* Macht's auf, es Bagage . . .

(Adriana und Andi/Knö kommen in den Raum und lachen und versuchen, einander zu fangen)

Andi/Drö: *(draußen)* Adi? Adi, bist das du?

Andi/Knö: *(drinnen)* Do gibt's ka Adi mehr!

Andi/Drö: *(draußen)* A Brecheisen!

Dromi/Knö: *(drinnen)* Ja, geh bitte, holt's ma ana a Brecheisen . . . holt's, holt's as oder i moch a 24er Latten aus dir!

Dromi/Drö: *(draußen)* Des mechat i aber seng?

Dromi/Knö: *(drinnen)* Na, des kannst da aber anschaun!

Andi/Drö: *(draußen)* Mei englische Eiche, bist wahnsinnig, a Brecheisen sollst holen . . .

Dromi/Drö: *(draußen)* A Brecheisen, jaja . . .

Dromi/Knö: *(drinnen)* Geh, ja geh, bringts ana a Brecheisen . . . bitte!

(Dromi/Drö geht um ein Brecheisen)

Balthasar: *(draußen zu Andi/Drö)* Aber lieber Herr, sind'S doch nicht so, Sie kämpfen mit dem Precheisen gegen Ihren kuten Ruf . . .

Andi/Drö: *(draußen)* Der find' doch in der Garage eh kans, do is so a Sauhaufen, der find' des nie . . .

Balthasar: Der wird eins pringen, und dann werden's das Türl da, der findet sicher ein's . . . pitte da is er, da kommt er schon . . .

(Dromi/Drö bringt ein Brecheisen)

Balthasar: Pitte, jetzt pleiben'S doch in dem Respeckt, den man Ihnen zollt und tuan'S der Reputation von Ihrer Frau keine Gewalt an . . .

Andi/Drö: *(draußen, nimmt Dromi das Brecheisen ab)* A halb's Jahr hab ich's g'sucht, mecht wissen, wo des herumkugelt is?

Balthasar: Ich appeliere an Ihre Nüchternheit, ich appeliere an Sie . . . wegen einer Sache, die Ihnen fremd is . . . sie wird sich sicher auch entschuldigen . . .

Dromi/Drö: *(draußen, nimmt Andi das Brecheisen ab)* I hab's g'funden! *(macht sich an der Türe zu schaffen)*

Balthasar: Also, so pringen'S das Türl eh nicht auf . . . also pitte, nehmen'S doch meinen Rat an, so plöd is er auch nicht . . . kehma in ein Casino, tu ma tort was essen und dann . . . kommen'S zurück . . . allein . . . mit einem Plumenstrauß . . .

Angela: Jetzt gebt's doch dieses Mordwerkzeug her *(schleudert es weg)*, gehma lieber essen . . .

Balthasar: Kenau! Dann wern Sie sehn, wern Sie hörn, wozu was die Ausgesperrtheit gut war, aber wenn'S da jetzt so da einprechen, das wird Gerüchte keben, daß Sie ein Täter sind, so mit Kewalt, und was das Allerschlimmste sein wird, am Krabstein wern'S Ihnen einkravieren . . . kehma lieber was essen und auf ein Pils.

Andi/Drö: Ja, ich hab fast noch eine bessere Idee . . . ich kenn auch ein gutes Wirtshaus, den „Weißen Pudel", da könnten wir ein gutes „Pudweiser" trinken . . . geh Angela, geh, hol die Kette und komm dann nach zum „Weißen Pudel".

Angela: Ja, tschau!

Andi/Drö: Also, bis später . . .

Balthasar: Im Kasino wär's dann noch besser, da gibt es auch ein „Kösser Pier".

5. Szene

(Die Äbtissin und zwei Nonnen treten singend auf)

Unisono: It's me! It's me! It's me!
We live constant behind bars yet we feel free . . .
so me . . . and me . . . and me . . .
We refuse life on a narrowing path
We are devout for we think it an art
We utterly hates all what wear pants
We love the spirit just striving like ants
We don't care for gold
Because God pays our rents.
We love him, yeah, yeah, yeah
We love him, yeah, yeah, yeah
We love him, yeah, yeah, yeah

First novice: I have been a peasant's wench unluckily brought forth
My history is like a wrench a dead pernicious sport –
Men were early after me with their mad decisions,
But I, I tried to disagree with metally deficiency,
And so became I a bride of our lovely chaste Lord.
Well, I sacrificed life and threw it overboard . . .

Unisono: We love him, yeah, yeah, yeah
We love him, yeah, yeah, yeah
We love him, yeah, yeah, yeah

Second novice: A female was a nuisance in the land where I was born
Therefore very brutally, every sheep was shorn.
They tried to put me into hell, in fact I should

be drowned.
The heave rope I was tound with got swiftly unwound
In my case, lovely lord wasn't weak in timy harp's sound.
So I like an oyster produces its shell,
I went to the cloister and in vain rang my kell . . .

Abbes: My life was a wordly provides with fruits
But fate rushes in turdy and tore out my roots.
I lost my husband, my kids and my mood
There isn't a being in the world kept so rude.
Yet I help up my head, wildly stretching my spine,
I combated death picking up the devine.
For hope makes me strong and gets me chafing the shore.
Where I bold walk along, to seek what I bore.
Conceiving the sea's seeming unmoody state,
Yet alive to the wares I'll sway there and wait.

Unisono: We love him, yeah, yeah, yeah
We love him, yeah, yeah, yeah
We love him, yeah, yeah, yeah

Abbes: It's a life one says wer'e all hating but love

1. Nun.: If we'll fall in love, he can sod off above . . .

2. Nun.: We confirm, you beyond the tiniest doubt

Unisono: If one dares to snap we are no more devout.
Oh lovers on earth, do hear our pray
You tender folks get up to stay
Yet aren't we smart and pretty and gail
We swear by the devil, we'll never be frail
We utterly love all that waer pants
We don't love the spirit striving like ants
Yet there's an exeption, you have to know
We wont bę our slaves, we'll no more do so.
We love you, yeah, yeah, yeah
(Withdraw)

Andi/Knö: *(kommt aus dem Inneren des Hauses in Unterhosen)*

Luciana: *(folgt ihm)* Du Andi, i muaß mit dir red'n ... es is weg'n der Adriane ...

Andi/Knö: No? ...

Luci: I kann euch net länga zuschaun ... i man, sie is immerhin mei Schwester und ... a wennst sie nur wegan Geld g'heirat hast ... a bißl nett muast schon sein zu ihr ... i hab da das jetzt sag'n müssen ...

Andi/Knö: Ich weiß zwar nicht, wie du heißt ... ich weiß auch nicht, woher du weißt, wie ich heiße, was nichts heißen soll ... aber du bist so göttlich ... *(singt)*

You are so full of comfort and suddenly kind,
there is plenty of consort which pleases my mind.
I'll take it for vision and I'll pick up that rule, thon
art utterly lovely you make me a fool.
And you can't hide a smile and you can't hide a frown,
I bet you'r the sweetest woman in town

Luci: *(singt)* Is it a fault that springs from my eyes, a vision of horror which appears and flies, oh get thee gone you rascal, you crook

Unisono: get a move on and drown yourself in a brook

Luci: *(singt)* What are you mad, that you do reason so?

Andi/Knö: *(singt)* Not mad, but mated, how I do not know!

Luci: *(singt)* Gaze where you should, that will clear your sight

Unisono: Why can't you love me the beams from the sun beeing bright ... Not it's thyself, mine own's better part, mine eyes clear eyl my dear beats better part, my food my fosture and my sweet soul's heaven's claim ...

Andi/Knö: *(spricht)* Komm ich brauch dich ...

Adriana: *(kommt mit Pistole)* Andi, Charmeur ... meine Schwester?

Andi/Knö: Dromi!!!

Dromi/Knö: *(kommt)* Was? Des is aner, he! Was is, bitte? Geh, schleich di do . . . Was is?

Andi/Knö: Die Waffen!

Dromi/Knö: Was für Waffen? Aso . . . Jessas die Waffen . . . Nelli! die Waffen . . . Nelli . . . die Waffen . . .

Nelli: *(erscheint mit einer Waffe, es beginnt eine wilde Schießerei)*

Andi/Knö: Dromi!!!

(Alle werden nacheinander getroffen und stürzen zu Boden)

Peppo: *(kommt)* Seid's es no zum Retten, wos is denn mit der zweiten Halbzeit . . . ihr könnt's euch net umbringa . . .

(Nelli wälzt sich noch theatralisch)

Andi/Knö: Nelli . . . aus, aus . . .

Dromi/Knö: Nelli, mir gengan, anziagn . . .

Adriana: Mag mich eh net hinhauen, wird eh alles nur dreckig!

Luci: Mach ma's so wie immer?

Dromi/Knö: Na geh! Im Film geht des a! Oder?

Adriana: Dromi!

Dromi/Knö: Was?

Adriana: Dromi! *(gibt ihm eine Ohrfeige)*

Dromi/Knö: Na, des is lustiger . . . na ja . . .

Adriana: Andi! *(gibt ihm eine Ohrfeige)*

Adriana: Luci! *(gibt ihr eine Ohrfeige)*

Dromi/Knö: Jo, derer a glei ane!

Adriana: Nelli! *(gibt ihr auch eine)*

Dromi/Knö: Na ja, super!

Andi/Knö: Dromi schau, *(gibt ihm Geld)* renn owe zum Hafen, schau daß'd a Fahrkarten für die nächste Fähre kriagst, do san lauter Wahnsinnige, ab! I pack die Koffer . . . *(geht weg . . .)*

Dromi/Knö: Net, Andi . . . im Hafen war a Mac Donald's g'wesen . . . do . . .

Andi/Knö: Du sollst a Fahrkart'n kaufen, zah an jetzt'n . . .

Dromi/Knö: Wo gehst du hin?

Andi/Knö: Na, Koffer pack'n . . .

Dromi/Knö: Wohin?

Andi/Knö: Na, ins Hotel!

Dromi/Knö: Ha . . . sooo gehst ins Hotel . . . ha ha ha . . .

(sie gehen ab)

6. Szene

Andi/Drö: *(kommt mit einem Blumenstrauß, Balthasar und Dromi/Drö kommen mit)* Also, vielleicht hat der Balthasar recht, Blumen sagen einfach alles, *(zu Dromi)* bei der Gelegenheit kannst du gleich sehen, wie man mit Frauen umgeht ... ich werde sozusagen meinen Charme versprühen ... *(geht zur Haustür und klopft an)* ... ich bins, Andi, dein Schnuckelchen *(hört Geräusche)*, sie ist da ... Überraschung *(Adriana macht die Tür auf, hält ihm eine Pistole unter die Nase und schlägt ihm die Blumen auf den Kopf, knallt die Türe zu)*

Dromi/Drö: War wohl nix ...

Andi/Drö: *(zu Dromi)* Besorg an Strick, jetzt häng ma die Oide auf ... *(ab)*

Dromi/Drö: *(zu Balthasar, drückt ihm die kaputten Blumen in die Hand)* ... und ... Sendepause ... *(ab)*

Balthasar: Na, ich sag's ja, Plumen sagen einfach alles ... Ihr Gärtner macht's persönlich! ... *(ab)*

PAUSE

Egon: *(geht ins Publikum Geld absammeln)* Also 10 Millionen muaß i, Jessas na ... also, i hab ja scho ... brauch ma nur mehr 9 Millionen 990 Tausend ... aber wann's morg'n a so is ... dann hängen's mi auf, des siach i scho kumman, also, bitte, die Dame ... na, wann jetzt net boid ana ... dann reiß i an des Beuschl ausse und verkauf's der Prosektur als Säuferleber ... *(ab)*

Soli 1: *(Soli 1 und Soli 2 kommen und spielen Karten)* Also, welches Spiel spielen wir heute?

Soli 2: Ich hab mir gedenkt, daß der, der gewinnt, der derf sich eine neue Steuer erfinden ...

Soli 1: Einverstanden ... und der Ertrag gehört ihm ...

Soli 2: Und der Ertrag, der gehört ihm ...

Soli 1: Also, beginnen wir ...

Soli 2: Hast du die Notiz gefunden, die ich dir auf den Schreibtisch gelegt hab'?

Soli 1: Was für eine Notiz?

Soli 2: Ei, die von dem Akt . . .

Soli 1: Was für einen Akt?

Soli 2: Ei, dem Akt von dem Egon . . .

Soli 1: Nein, hab' ich nicht . . . was ist dem Egon?

Soli 2: Der hat offenbar die Summe da net aufgetrieben . . .

Soli 1: Ja und?

Soli 2: Und da hab' ich mir gedenkt, wir werd'n ihn wenigstens da hängen müss'n . . .

Soli 1: Ja, dann müssen wir ihn halt standrechtlich erhängen . . .

Soli 2: Aber dann siecht ma doch nix . . .

Soli 1: Wieso?

Soli 2: Ei, weil's verhängt is . . .

Soli 1: Was denn?

Soli 2: Ei, das Standrecht . . .

Soli 1: Du bist auch verhängt, total . . .

Soli 2: Wieso?

Soli 1: Weil du . . .

Soli 2: Du bist dran . . .

Soli 1: Ja! Also, man sagt z. B., der Egon wird standrechtlich erschossen . . .

Soli 2: Nee . . . der Egon, der wird gehängt . . .

Soli 1: Das ist doch das gleiche . . .

Soli 2: Da müßt ich aber mal nachgucken . . .

Soli 1: Wo willst du, bitte, nachschauen?

Soli 2: Ei, im Recht . . .

Soli 1: In was für einem Recht?

Soli 2: Ei, z. B. im Standrecht!

Soli 1: Wie willst du, bitte, in einem Standrecht nachschlagen?

Soli 2: Ei, indem ich den Vorhang hochheb . . . du hast doch gesagt, daß es verhängt is . . .

Soli 1: Du bist ein Untertrottel, weil für einen Obertrottel hat's nicht gereicht!

Soli 2: Nee, ich bin der zweithöchste Beamte in dem Drösiedl!

Soli 1: Ich hab' gewonnen!

Soli 2: . . . in dem Staat . . .

Soli 1: So, und jetzt geh ich Golf spielen . . . und du geh aufs Amt und bereite die Hinrichtung vor . . .

Soli 2: Und ich darf die neue Steuer erfinden . . .

Soli 1: Nein, die erfinde ich, und der Ertrag gehört uns, weil ich hab' gewonnen, bitte schön, ja . . .

Soli 2: Aber ich . . .

Soli 1: Schweig!

Soli 2: Na ja . . . *(sie gehen ab)*

7. Szene

Andi/Knö: *(kommt)* Jetzt hab i mi verrennt a no . . . des gibt's ja net, daß a ganzes Hotel vom Erdboden verschluckt is . . . do is des Caféhaus, do war i jo scho amoi . . .

Angela: *(kommt gelaufen)* Andi, Andi, hallo, da bist ja, du schau, i hab dir jetzt die Kette mitbracht . . . is sie net schön wor'n?

Andi/Knö: Ja wunderschön . . .

Angela: Da nimms, gibs der Adi, i kumm am Abend und hol mir das Geld . . .

Andi/Knö: Na ja . . . können Sie mir sagen, wo das Hotel „Zum Basilisken" is?

Angela: Ha ha . . . du hast an eigenen Humor, Andi, gell?

Andi/Knö: Ja, ja . . . ich hab's eilig . . . danke *(nimmt die Kette)* . . . Dromi! . . .*(ab)*

2. Kaufm.: *(kommt)* Fräulein Angela, Fräulein Angela . . . huhu . . . na, Sie sind's wirklich, na hob i mi ned täuscht . . . grüß Sie . . .

Angela: Grüß Sie . . .

2. Kaufm.: Küß die Hand, schön, daß ich Sie da triff . . . fesch sind ma heut, a bißl luftig, gell . . .

Angela: Na ja . . .

2. Kaufm.: Da ziagt's ja eine . . . und wie geht's so?

Angela: Ja, es geht, es geht . . .

2. Kaufm: Es is nämlich wirklich schön, daß ich Sie da triff, ich versuch nämlich schon a Monat, Sie zum erreichen . . .

Angela: Ja, warum denn?

2. Kaufm.: Ja, wegen dem Geld, das Sie mir seit Weihnachten schulden . . .

Angela: Ah . . . ha, ha . . .

2. Kaufm.: Na, wissen'S, i möcht net ungehalten sein, i hob a ned viel Zeit, i muaß zur Probe auf die Blaskapell'n . . . gelln'S, also i hätt jetzt gern mei Geld . . . befriedigen Sie mich . . . aber schnell!

Angela: Wia manan'S denn des jetzt? Wolln'S mit mir zwischen die Polster? Diese Seite ist mir ja völlig neu an Ihnen . . .

2. Kaufm.: Was? Zwischen die Pol. . . Ah so! . . . An die Möglichkeit hab ich ja no gar net dacht . . . sehn'S, so bled bin i . . . naja, daß Sie das in Naturalien ableisten, na ja, von mir aus . . . is ka schlechte Idee . . . ja . . .

Angela: Schwein oder nicht Schwein, das ist jetzt die Frage . . .

Peppo: Sie . . . sagn'S net Schwein, sonst zah i Ihna bei die Ohrwascheln . . . mir nach . . . weitermachen . . .

2. Kaufm.: Danke! *(zu Angela)* Sagn'S, dama des G'schäft gleich abwickeln? I wär grad in Stimmung . . . geh ma do ins Gebüsch *(zeigt aufs Publikum)* . . . do san so vü Leut . . . der Wind ist günstig, die See ist steif und der edle Sepp ist brünstig . . . das reimt sich . . . *(zieht Angela mit sich ins Gebüsch, Angela reißt sich los)*

Andi/Drö: *(kommt)* Ah . . .

Angela: Andi, Andi!

Andi/Drö: Was is denn da los?

Angela: Guat, daß du no amoi kummst, i bin in ana furchtbaren Situation, i brauch des Geld . . . jetzt sofurt . . .

Andi/Drö: Ja, it tät da gern was borg'n, aber i hob überhaupt ka Geld do . . .

Angela: I brauch des Geld für die Kettn . . .

2. Kaufm.: Geh, was is jetzt? Piff oder Puff . . . sonst fallt er ma wieder zsamm hearst . . .

Andi/Drö: Was mant der?

Angela: Wos waß i? . . . A Kartenhaus! . . . Also was is jetzt? Entweder des Geld oder die Kett'n . . .

Andi/Drö: Ja, i hab die Kettn net . . .

2. Kaufm.: *(zu Angela)* Wannst jetzt net bald „blinde Kuah" mit mir unter die Baam spüüst ... waßt eh ... dann zahlst des Geld ...

Andi/Drö: Geh sterb'n, Opa!

2. Kaufm.: Der ziehlt do da ... na jetzt is so weit, jetzt hol i den Peppo ... *(er läuft weg)* ... so na mei Bambaton ... des hol i später ... Peppo!!! *(läuft ab)*

Angela: Also, was is jetzt mit'n Geld? Du sollst mit hündischer Bescheidenheit ...

2. Kaufm.: *(kommt mit Peppo)* Verhaften'S den Trampel da ...

Peppo: Mehr Achtung vor'm Wachter ...

Angela: Na, des derf net wahr sein ...

Andi/Drö: Jetzt hast den Scherb'n auf ...

Peppo: Liebes Fräulein, es ist Notwehr, keine Bewegung ...

Angela: Peppo, bist a Beamter?

Peppo: Ja!

Angela: Dann bist du ja bestechlich? *(gibt Peppo einen Kuß)* Sperr ihn ein *(zeigt auf Andi/Drö)* ...

Peppo: Na ja, guat, aber dann kriag i an zweiten!

Angela: (gibt ihm noch einen Kuß) Aber schnell!

Peppo: In dem Fall mach i a Ausnahm' ...

2. Kaufm.: Hallo, was is denn do, bitte, san'S jetzt völlig übergschnappt? Ich hab g'sagt, sie solln's verhaften, aber net mi, ah eahm!

Peppo: Hindern Sie mich nicht beim Amtsmißbrauch ... *(nimmt Andi/Drö fest)*

Angela: Wir wolln nämlich Ordnung ham in Drösiedl ... pflanz in Bürgermaster und sei blachte Diwanpuppn!

2. Kaufm.: Gehn'S Fräulein Angela, warten'S a bißl, mir fallt grad ein, i bin a in so ana gewissen Form und Weise a Beamter, mi kennan'S a bestechen wann'S woll'n ...

Angela: Na ja, dann ...

Dromi/Knö: *(ruf)* Andi, Andi!

Angela: *(zu 2. Kaufmann)* Kumman'S, aber schnell ...

Dromi/Knö: *(kommt)* Andi, Andi, a do bist, hearst, schnell, des geht sie aus, in 3 Minuten kommt die Fähre, kumm i hob des gmocht, kumm . . .

Andi/Drö: Wos für a Fähre?

Dromi/Knö: Na die Fähre, schnell, binnen 2,5 Minuten, kumm, die Fähre, wo is des Gepäck?

Andi/Drö: Semmeln oder Salzstangerln?

Dromi/Knö: Na . . . was is . . . na, die Fähre . . . die Fähre . . .

Peppo: Na, der is verhaft . . .

Dromi/Knö: Na, der muaß ja auf . . . die Fähre . . . der is net verhaft . . .

Peppo: Ja ja, nix . . . der is verhaft . . .

Dromi/Knö: Wos?

Peppo: Der is verhaft . . .

Dromi/Knö: Wieso, was hat er g'mocht?

Peppo: Ka Kennzeichenbeleuchtung hat er . . .

Dromi/Knö: A bled . . .

Peppo: Ja, sehr bled . . . also, umdrehn und geht . . .

Andi/Drö: *(zu Dromi/Knö)* Moment no, da hast den Schlüssel, geh zur Adi und sag, des Geld is im Schrank neman Kukident, sag, sie soll mi auslösen, ja, und beeil di, gell!

Dromi/Knö: Jo jo . . .

Andi/Drö: Und schau net so deppert!

Dromi/Knö: Jo jo, wos, scho wieder zu dera Depperten, des gibt's jo net . . . wos hat denn der g'mant mit der Kennzeichenbeleuchtung? Immer zu der, immer zu der . . . *(läuft zum Haus von Adriana, klopft, Luciana öffnet)* I sags glei, i kumm nur weil i kumma muaß, jo, oh *(erblickt Luciana)* a Glück se sans, do bin i, des is der Schlüssel, neman Nachtkastel im Kukident is des Geld fürs Gefängnis zum Auslösen, und schau net so bled . . . es is dringend, der Andi, der is hinter Gitter . . .

Luciana: Was? Im Gfängnis is der Andi?

Dromi/Knö: Na, bei Hutter und Schrantz, kumm . . .

Luciana: Der macht an Witz!

Dromi/Knö: Na, tua net plausch'n, bitte, es is wirklich dringend . . .
Adriana: Dromi!
Dromi/Knö: Was?
Adriana: Wo is der Andi?
Dromi/Knö: Net do!
Adriana: Wo is er?
Dromi/Knö: Im Gfängnis!
Adriana: Wieso?
Dromi/Knö: Hat ka Kennzeichenbeleuchtung g'habt . . .
Adriana: Wozu brauchst du das Geld?
Dromi/Knö: Lamperln für die Kennzeichenbeleuchtung . . .
Adriana: Du . . . *(Adriana beginnt Dromi zu schlagen)*
Dromi/Knö: Du!
Adriana: Du!
Dromi/Knö: Du, dir werd i . . . *(sie beginnen zu raufen, Luciana bringt das Geld)*
Dromi/Knö: Dankschön und vergelt's . . .
Luciana: Bring den Andi schnell heraus, bitte!
Dromi/Knö: *(zu Adriana)* Na, wos is jetzt? Na wos is . . . *(Adriana schlägt ihn, Dromi läuft davon)* ha ha ha, Frustwachtel, Frustwachtel, Frustwachtel . . .
Adriana: Luci, du Flittchen! Wieviel Geld hast ihm gegeben?
Luciana: Alles!
Adriana: Alles? *(sie gehen ab ins Haus)*

8. Szene

(Peppo und Andi/Drö arbeiten im Steinbruch)

Peppo: Scho guat, hör auf für heut, i bin scho miad!

(Sie singen den Häfenbruadablues) LIED:

Andi/Drö: Jetzt ham's mi dawischt, Bruada, jetzt ham's mi petschiert, jetzt hob i ka Leiberl, jetzt werd i faschiert

Peppo: I hob mi anpaßt, i hob di net gschaßt, i hob ollas dir geb'n, wias da hot paßt

Andi/Drö: Jetzt sama maia

Beide: Weu jetzt is Schluß, des is da Häfenbruadablues.

Peppo: I wer mi nie geniern

Andi/Drö: Und i net erst recht

Peppo: I hob di verhoft und des war gerecht, i hob di versurgt, des hob i net woll'n

Andi/Drö: Mia verstengan uns glänzend

Beide: Und bleib'n a paar Freind, jetzt sama mülle, wei jetzt is Schluß, des is da Häfenbruadablues.

Andi/Drö: Kan Bärn hob i bissn, ka Bank g'mocht von unt, ka Suacherl hob i grissn und die Packler warn bunt

Peppo: I wor dei Büchl una, es wor a heilige Ruah

Beide: Mir verstengan uns glänzend und bleib'n a paar Freind

Andi/Drö: Jetzt sama eingfahr'n

Peppo: Weil jetzt is Schluß

Beide: Des wor da Häfenbruadablues.

9. Szene

(Andi/Knö und Dromi/Knö kommen von verschiedenen Seiten gelaufen und stoßen zusammen)

Andi/Knö: No, vielleicht halt!

Dromi/Knö: Rempelmaster!

Andi/Knö: Derf net wahr sein!

Dromi/Knö: Wo is er?

Andi/Knö: Wer?

Dromi/Knö: Er!

Andi/Knö: Wo is die Fähre?

Dromi/Knö: Hams di auslassen?

Andi/Knö: Na, i glaub, di hams wo auslassen . . .

Dromi/Knö: Wo?

Andi/Knö: Wann fahrt die Fähre?

Dromi/Knö: Hearst, i hob da bitte dezitiert vor 5 Minuten g'sagt, daß die Fähre in 3 Minuten fahrt, also jetzt rech'n amoi, die is scho 17 Minuten weg.

Andi/Knö: Weg is?

Dromi/Knö: Na ja, hob i ja g'sagt, des derf ja net wahr sein, wos hearst . . . do is es Geld neman Kukident, waßt eh, die Ersparnisse von da Oiden, na . . . Schwarzgeld . . . was tama, des verfreß ma, des versauf ma, des verhurn ma . . .

(Musik im Hintergrund – Caféhaus – tanzt eine Tänzerin auf dem Tisch)

Dromi/Knö: Aus, Schluß, aufhörn, wir kaufen nix . . . *(Musik hört auf)*

Kurtisane: Dromi?

Dromi/Knö: Ja, der bin ich!

Kurtisane: Servus . . .

Dromi/Knö: Ja, ha . . .

Kurtisane: Sag, wo hast denn den Andi heute?

Drom/Knö: Wieso, ja, na, der is eh do . . .

Kurtisane: Ah? Andi, Andi-Burli, Burli . . . schön, daß'd wieder do bist . . . du i waß ein neues Spiel für uns zwei . . . Krampus mit der Rute, ha?

Dromi/Knö: Jo i maan, er is ja der Nikolo, i bin der Krampus!

Kurtisane: *(zu Dromi)* Du nicht . . . *(sieht die Kette, die Andi/Knö um den Hals trägt)* . . . oh, is des schön, und so lang, is des für mi? Kann ich's gleich ham . . . *(greift nach der Kette, Andi/Knö weicht aus)* Andi, was is los mit dir?

Andi/Knö: Hände weg . . .

Kurtisane: Dromi, was hat er denn?

Andi/Knö: Weg . . .

Kurtisane: Aaaah . . .

Dromi/Knö: Des is alles nur unterbewußt . . .

Andi/Knö: Weg, alle weg . . .

Dromi/Knö: Der macht an Witz . . .

Andi/Knö: Ihr steckts alle unter einer Decke . . .

Dromi/Knö: Jo glei, wann ma zahln, kumm!

Andi/Knö: Die sind alle hinter mir her, ich pack sie eine nach der andern . . . *(geht auf die Kurtisane los)*

Dromi/Knö: Na, hör auf, kumm net an bei dera . . . *(alle schreien durcheinander, Andi/Knö läuft in scheinbarem Irrsinn davon)*

Andi/Knö: Ha, ha . . . ha, ha . . . ha, ha

Kurtisane: *(schreit fürchterlich)*

Dromi/Knö: Die is ja hysterisch!

Kurtisane: Na, der Andi is wahnsinnig worn, um Gottes Willen, na . . . Hilfe, Hilfe . . . so helfts ma doch!

Balthasar: *(eilt herbei)* Was ist tenn tas für ein Keschrei ta?

Kurtisane: Der Andi is wahnsinnig wordn . . .

Balthasar: Ja, tarf er tenn tas?

Kurtisane: Ich weiß nicht . . .

2. Kaufm.: Is jetzt bold a Ruah, hearst, do kann ma ja net amoi in Ruhe blasen . . .

Balthasar: Der Andi is verrückt keworden!

2. Kaufm.: Was?

Balthasar: Ter hat tiese Tame ta verkewaltikt . . .

2. Kaufm.: Was, na geht das net leiser?

(Alle laufen herbei, ein Stimmengewirr)

Angela: Was is denn da los?

Kurtisane: Ein Arzt gehört her . . .
Nelli: Was is denn da los . . .
Balthasar: Was hat er noch alles getan?
Kurtisane: Umgebracht hätt' er mich fast . . .
2. Kaufm.: Ja, mi a, beinah aufgschlitzt halbert . . . *(sie schreien durcheinander)*
Nelli: Die Adriana muß her! *(einige laufen, um sie zu holen)*
Balthasar: Der bringt uns alle um! *(abermaliges Durcheinanderschreien)*
Nelli: *(kommt mit Adriana)* Adriana!
Balthasar: Mein Peileit.
2. Kaufm.: Jo . . .
Angela: Du, der Andi . . .
2. Kaufm.: Jo, der is übergschnappt und bringt alle um . . .
Adriana: Wie bitte? Der is im Gfängnis!
2. Kaufm.: Was?
Nelli: Der is ausgebrochen . . . der is ein Gewalttäter, i hab's immer gewußt . . .
2. Kaufm.: Ja, aber da miaß ma ja irgendwas tuan, da muaß a Arzt her oder wos . . .
Balthasar: Der praucht eine Pehandlung!
1. Nonne: *(erscheint auf der Klostermauer)* Aber das ist doch ganz einfach, der ist vom Teufel besessen! *(allgemeines Erschrecken)*
Balthasar: Kott sei pei uns!
Nelli: Da muß ma ja was tun!
Kurtisane: Die Pinsch . . .
Adriana: *(sieht den im Hintergrund kommenden Andi/Drö)* Schnucki!!
2. Kaufm.: Do hint is er, Vorsicht, der wirft mit Stana . . .
Kurtisane: Ich hol die Pinsch, ich hol die Pinsch . . . *(läuft ab)*
Balthasar: Ja, hol die Pinsch . . . lauf!
Andi/Drö: *(kommt aus dem Hintergrund)* Pansai! *(alles weicht zurück)* Jetzt werd's aufgehängt . . .
2. Kaufm.: Na . . .
(Dr. Pinsch mit Assistent erscheint) MUSIK
Andi/Drö: Jetzt passiert wos . . .

Balthasar: Vorsicht . . .

Kurtisane: Die Pinsch, die Pinsch ist da . . .

(Dr. Pinsch beginnt mit der Teufelsaustreibung)

Dr. Pinsch: Eine Blähung wird entweichen und an die Felsen prellen, wenn der Teufel forsch entweicht

Dr. Pinsch u. Assist.: Man wird's nur hörn im Luftschacht, wie gräßlich dieser Schuft lacht

Dr. Pinsch: Bevor die Blinden verbrennen, gehn sie Hand in Hand hinaus, nur ein Toter von der Feuerwehr bekommt Applaus

Beide: Küng . . . Küng . . . Künguru, im Ländle sperrt man die Mädle zu mit einem Keuschheitsgürtel, mit Weihrauchduft und Myrthe!

Andi/Drö: Des is a Alptraum, i woch sicherlich glei auf . . .

Dr. Pinsch u. Assist.: Exo, Exorzismus, Exo, Exorzismus *(alle anderen nehmen diese Worte im Takt auf)*
Treib den Teufel in die Garben, denn dann hat er 1000 Narben und er wird Senn im Engadin, Senn mitsamt dem Bischof Krenn

Alle: *(immer lauter werdend)* Exo, Exorzismus, Exo, Exorzismus, Exo, Exorzismus, Exo, Exorzismus!

Dromi/Drö: *(kommt gelaufen)* Andi, Andi . . . Scheiße, is a wurscht, kumm . . . *(bemerkt den in Trance befindlichen Andi/Drö)* na, des gibts aber net, bitte, i riskier do mei Leb'n, flada den Strick vom Galgen und der grunzt do wie a Koalabär . . .

Andi/Drö: *(erwacht)* Na, des kann i, des is aber jetzt net wahr . . .

Dromi/Drö: *(befreit ihn und schlägt alle in die Flucht)* Andi, Andi, Andi.

Andi/Drö: *(schläft weiter)* Na, na, na . . . . . .

Dromi/Drö: Andi!

Andi/Drö: Küng . . .

Dromi/Drö: Andi! *(schlägt ihn auf die Wange)*

Andi/Drö: *(schlägt zurück)* Dromi . . . . . .

Dromi/Drö: Jetzt steh endlich auf, mir geht die ganze Abwatscherei auf die Nerven, jetzt häng ma endlich wen, wen, des is ma wurscht . . .

Andi/Drö: *(erwacht)* Des tuat ma lad, Dromi . . . *(sie gehen ab)*

10. Szene

(Andi/Knö und Dromi/Knö kommen ins Caféhaus)

Dromi/Knö: Des derf ja net wahr sein, du hast die aufgeführt wie im Droschenrausch, des derf ja net wahr sein . . . jetzt wird des g'macht, wos i sag, jetzt nimm des in die Hand, jetzt wird eing'schnitten . . . Herr Ober!!

(2. Kaufmann und Angela erwachen nach der Schlägerei)

2. Kaufm.: Angela! Was is?

Angela: Ha, erschreck mi net so! *(sieht Andi im Caféhaus)* Der Andi, jetzt hol i ma die Kettn!

2. Kaufm.: Na, gar nix, des moch i, i hol die Kettn, ich bin bewaffnet . . .

Angela: Bewaffnet?

2. Kaufm.: Ruhig bleibn, pst . . . *(sie gehen ins Caféhaus)*

Dromi/Knö: Was is mit dir, kumm her Steirermandl, i will ma was bestelln . . .

2. Kaufm.: Bei mir bestellen?

Dromi/Knö: Na sicher, do schau her, was habts denn für a Suppn?

2. Kaufm.: Suppn is aus.

Andi/Knö: Ratatouille?

Dromi/Knö: Helf dir Gott, daß wahr is! Na, was anderes, Klanigkeiten, Pizza, hobts a Quatrostione?

2. Kaufm.: Na, tuat ma lad, mir san jo kane Italiener.

Dromi/Knö: Aso, aha!

2. Kaufm.: Ja!

Dromi/Knö: Aha!

2. Kaufm.: Schnitzln vielleicht mit Pommesfrites und Salat . . .

Dromi/Knö: Ja, Schnitzln.

2. Kaufm.: Schnitzln mit Salat.

Dromi/Knö: Und Salat, aber ohne Gurke.

2. Kaufm.: *(zieht seine Waffe)* Jetzt is aus mit der Bestellerei, Händ in'd Höh!

Andi/Knö: *(nimmt ihm die Waffe aus der Hand)* Das sind originelle Zuckerstreuer!

2. Kaufm.: *(zu Angela)* Der hat ma die Waffen weggenommen . . . *(zu Andi)* Tan'S doch die Pistolen weg do . . . *(zu Angela)* Hearst paß auf, die san bewaffnet . . .

Dromi/Knö: *(nimmt die kleine Pistole zur Hand)* Maßstab 1 : 12.

Angela: *(zu Dromi)* Die Waffe!

Dromi/Knö: Ha, die Waffe? Das ist doch keine Waffe *(zieht seine eigene)*. Das ist eine Waffe!

Angela: *(zieht eine noch größere Waffe hervor)* Das ist auch eine Waffe, sicher! Jetzt her mit der Kettn . . .

2. Kaufm.: Aber schnell . . .

Andi/Knö: Mit was für ana Kettn?

Angela: Mit meiner!

Dromi/Knö: Jetzt gib ihr die Kettn, tua net plauschn . . .

Andi/Knö: G'schenkt is g'schenkt!

(Beide Parteien nehmen Stellung gegenüber auf, auf die Seite von Angela kommen Balthasar, Nelli, 1. Kaufmann, Dr. Pinsch, Adriana, die Kurtisane und Luciana bewaffnet; Luciana läuft zu Andi/Knö auf die andere Seite, es scheint der Anfang einer Schießerei, Soli 1 und Soli 2 erscheinen, alle lassen die Waffen sinken)

Soli 1: Das kannst du mit mir auch nicht machen, ich kann mir keine Rangerausbildung leisten *(sie kommen durchs Gebüsch)*, mir entgeht nix, aber du, blind wie ein Hendl, fallst über alles drüber . . .

Soli 2: Das ist jetzt nicht wichtig, ich philosophier immer noch über die Aufhängung von der Kennzeichenbeleuchtung . . .

Soli 1: Was ist mit der Kennzeichenbeleuchtung?

Soli 2: Wohin kann man sich die aufhängen, wenn man gerade keinen Wagen bei sich hat *(sie gehen beide ab)* . . .

(In diesem Moment beginnt eine wilde Schießerei, während dieser Andi/Knö und Dromi/Knö in die Abtei flüchten)

Dromi/Knö: Meine is leer, kann ma wer seine zur Verfügung stellen?

Äbtissin: *(erscheint)* Was seh ich? Nackte Waffen? Gibt es im Lande solche Strolche, die sich ihr Recht erschießen wollen? Kommt dort heran, selbstsüchtiger Tändler, gib deine Waffe her . . .

2. Kaufm.: *(gibt sie her)* Bitte, i kann nix dafür, des war a Gössen!

Äbtissin: Ist's möglich, daß in Sachsen und beim Rhein und wie ich sehe auch bei uns daheim es Menschen gibt, die solche Waffen tragen? Haben das Liebste wir nicht einst verloren durch Schiffbruch, haben wir trauernd nicht begraben den liebsten Freund? Was ist der Grund von dieser Raserei?

Adriana: Ich kann nichts dafür!

Äbtissin: Schwierige Menschen seid ihr in der Tat. Irmgardis, die am Tor die Wache hielt, sie kam gerannt nur mir von eurem Sinn zu melden. *(zu Irmgardis – 1. Nonne)* Mein Kind, sammle diese Mordwerkzeuge ein.

Irmgardis: So gebt mir eure eisernen Gefährten . . .

2. Kaufm.: Ich hab grad gegeben . . .

Irmgardis: Ich denk, man sollte andere Wege finden, auf denen man sich frei begegnen kann, im menschlichen Gespräch. Ist denn die Welt so kalt und liederlich, so stumpf *(zur Kurtisane)* und böse, daß du uns deine Mordgefährten unterschlägst?

Äbtissin: Ich sag es noch einmal, wer es gewesen, der diesen Streit begann, er ist des Todes, und gab ich erst ein Wort tracht ich's zu halten. Es ziemt sich nicht für eine Frau des Friedens, ein Urteil hier zu sprechen. Belissa, sprich mit deiner Zung zu jenen Leuten, ich denke wohl, deine Noten sind besser auszudeuten.

Belissa (2. Nonne): Seid nicht zu barsch mit diesen Kreaturen da, sie wissen ja gar nicht, was sie tun, sie sind einfach unbeherrscht und sie fechten für ein Recht, das nicht ihr eigen. Ihr solltet euch alle schämen, trotz allem denke ich, daß das alles nur ein Mißverständnis ist, und dies aufzuklären sind wir hier.

Äbtissin: Wie recht du hast! Kommt meine Töchter, laßt uns nach diesen Flüchtigen hier sehen, die sich in diese Mauern hier begaben, um dies Verwirrnis endlich aufzuklären. *(Sie geht durch die Abteitüre, es entsteht große Verwirrung und wildes Durcheinanderreden der anderen)*

2. Kaufm.: *(zu Angela)* Des hast jetzt von der depperten Kettn!

Soli 1: *(kommt)* Was ist hier los?

Angela: Es geht um die Kettn!

Soli 1: Was für eine Kette?

2. Kaufm.: Na, um die Kettn, bitte, i hab den Revolver nur gezogen wegn der Kettn, und dann ist er in des Kloster palisiert . . .

Angela: Ja genau!

Soli 1: Wer is in des Kloster?

(Andi/Drö kommt mit Dromi/Drö; alle brechen in Geschrei aus)

Soli 2: Moment amal, wer hat denn gesehen, daß der Mann da in des Kloster gegangen is?

Alle durcheinander: Ich!!!

Balthasar: Ich bin Zeuge!

Soli 2: Die Sach is die, ich glaub, ich bin vertrottelt.

Soli 1: Ja.

Egon: *(kommt bettelnd)* Bitte, wenn Sie mir vielleicht eine milde Gabe, hams keine Gabe? . . . Da is er ja *(zeigt auf Andi/Drö)*

Balthasar: Wer denn?

Egon: Na er, der Andi, mein Bub!

Andi/Drö: I hab di nie g'sehn!

Egon: Oja, ah so, naja, was i da mitmach, das steht natürlich wie ein Zeuge in mein Gesicht geschrieben, aber erinner dich an meine Stimme!

Andi/Drö: Kann i net, tuat ma lad . . .

Egon: *(zu Dromi/Drö)* Dromi, du?

Dromi/Drö: Na, i hob dei Stimm nie g'hört.

Egon: Oja, ich bin sicher.

Dromi/Drö: Vielleicht können'S a bißl mehr redn . . .

Egon: Stimme, Stimme, Stimme . . .

Dromi/Drö: Tut ma leid, möcht Ihnen gern helfen, bin kein Unmensch, aber . . .

Andi/Drö: Kumm, gemma, des is a Trottl.

Egon: Der kennt mei Stimm net . . . siebzehn Jahre und meine Stimme kennt der nicht, du bist der Andi, mein Bub!

Soli 2: Nee, nee, nee, du vertrackter Knösiedler, ich kenne den Mann do seit 20 Jahr, und er war noch nie in Knösiedl, du bist benebelt, und das ist ganz verständlich bei dein Streß.

Äbtissin: *(kommt mit Andi/Knö und Dromi/Knö aus der Abtei)* Schweigt, schwachsinnige Tölpel ihr, seht, was ihr angerichtet, indem ihr die Feindschaft zwischen unserem Land und unsern Nachbarschaften habt geschürt, hier, wies schon immer war und ist, sind die Betrogenen.

Egon: Das gibt's doch net, da is ja der Dromi . . .

Dromi/Knö: Nein, der Pater Brown . . .

Dromi/Drö: I bin der Dromi ja . . .

Andi/Knö: Papa?

Egon: Andi! Andi!

Andi/Knö: Papa! Kumm her!

Balthasar: Die sind ja toppelt!

Andi/Drö: Wos hast Andi, i bin der Andi.

Dromi/Drö: Sag i ja . . .

Andi/Knö: *(zu Andi/Drö)* Andi?

Äbtissin: Sag mir, Egon? Bist du der Mann, der einst eine Gattin hat, genannt Emilia, die zwei Söhne für dich unterm Herzen trug . . . sag, bist du der Egon? Rede echt und glaubhaft zu Emilia . . .

Egon: Emmi? . . . Du bist's!

Äbtissin: Ja!

Egon: Des halt i net aus . . . aber bitte sag mir, ist das der Bub, der was mit dir hinweggetriftet?

Äbtissin: Ja, da ist er doch!

Andri/Drö: I hob an Papa!

Äbtissin: Andi!

Andi/Knö: Mutti!

Soli 1: Jetzt kann ich das ganze aufklären, die Zwillinge! Natürlich! Er da aus Drösiedl . . .

Andi/Knö: Ich bin aus Knösiedl . . .

Soli 2: *(lacht)*

Soli 1: Ich brauch an Optiker.

Adriana: Also wer von euch hat jetzt mit mir gegessen?

Andi/Knö: I!

Adriana: Und wer von euch hat mit mir ge. . .

Andi/Knö: Auch ich!

Adriana: Und wer von euch ist jetzt mein Mann?

Andi/Drö: Entschuldigen, wenn ich mich da einmische, aber das bin ich. *(allgemeines Erstaunen)* Hab ich euch mei Frau schon vorg'stellt? Des is die Adi!

Andi/Knö: Jetzt was i, warum die dauernd Schwager zu mir g'sagt hat . . . wo is denn überhaupt?

Luciana: Da!

Andi/Knö: In meine Arme!

Angela: Ja, und was is jetzt mit der Kettn?

2. Kaufm.: Geh jetzt gib amoi Ruah mit der Kettn jetzt . . .

(Andi/Knö gibt die Kette Andi/Drö)

Andi/Drö: Wegen der Kettn hast mi einsperrn lassen?

Angela: Ja . . .

Andi/Drö: Oh, Angela *(gibt Adriana die Kette).*

Soli 1: Also, eigentlich ist diese ganze Versammlung ungesetzlich, und ich muß deswegen . . .

Äbtissin: Schweigt, schwachsinniger Idiot! Kommt Freunde, laßt mich euch laden hier zu einem Fest, hier hinter diese Mauern, die mich solang umgaben, und hinter die ich flüchtete, doch vorher hab ich noch ein Ziel, das einfältige und grausame Treiben dieser beiden schwachsinnigen Tölpel hier für immer auszulöschen. Kommt meine Freunde und stürmet die Bastille, daß nur eines und dies ewig bleibt bestehen, des Menschen freier Wille. Auf Sie! *(sie stürzen sich alle auf Soli 1 und Soli 2, die beiden flüchten ins Kloster)*

Soli 1: *(von der Klostermauer)* Leo, Leo . . .

Peppo: *(erscheint)* Also, wann i wos haß, dann is des a Massenhysterie.

Dromi/Knö: Andi, Andi, laß anglahnt, bitte, laß anglahnt und gemma, die nächste Fähre dawisch ma sicher, oder i fahr mit an Schlauchboot, des is ma wurscht, aber weg do!

Andi/Drö: Jetzt fangt der scho wieder an.

Dromi/Knö: Wos hast schon wieder? Na, die Fähre, oder bist du von alle verlassen?

Andi/Knö: Na, der maant mi, *(zu Dromi)* umarm liaba dein Bruadern.

Dromi/Knö: Grad des wollt i vermeiden. Na ja . . .

Dromi/Drö: Servas!

Dromi/Knö: Lang net g'sehn?

Dromi/Drö: Jo.

Dromi/Knö: Servas!

Dromi/Drö: Servas!

Dromi/Knö: Wieso machst du mich eigentlich nach?

Dromi/Drö: Wenn do ana wen nochmocht, dann du mi, weil i bin der Ältere . . .

Dromi/Knö: Na, i bin der Jüngere!

Dromi/Drö: Dafür bin i der Bledere!

Dromi/Knö: Na! . . . Jo . . .

Peppo: Guten Abend, die Herren . . .

Beide Dromi: Guten Abend, Herr Inspektor!

Peppo: *(geht vorbei, dann dreht er sich um)* I siach doppelt, obwohl i doch heut no gar nix gsoffen hab, i brauch an Klosterfrau Melissengeist . . . *(geht Richtung Kloster)*

Dromi/Drö: Dromi, i hob ma ja solche Sorgen g'macht!

Dromi/Knö: Di ham's wirklich zfruah aus dem Bruatkasten g'nommen.

Dromi/Drö: Dromi!

Dromi/Knö: Dromi! *(sie sinken sich in die Arme)* Siehst des, do kumman dann solche Verwechslungen zu Stande, weil zwaa Zwilling Dromi haßen.

Dromi/Drö: Na, bin i schuld?

Dromi/Knö: Schluß! I bin ab heut der Droomi!

Dromi/Drö: Und i der Drommi!

Dromi/Knö: Sehr originell! One, two, one two three four . . .

MUSIK – LIED

Dromi/Knö: That's one for the money, two for the show

Alle: We're ready and steady we go go go,
Let's have a party, let's have a party tonight

Dromi/Drö: It's saturday night and I was paid

Dromi/Knö: For wasting my money I seek some aid

Egon: My life is repaid and I am strong

Alle: United we are and all went wrong.
Let's gonna rip it up, let's gonna rock it up.
Let's gonna shake it up at the ball tonight.

Dromi/Drö: I'm gonna be your dance instructor

Alle: He's gonna be our dance instructor,

Dromi/Drö: It's good for me

Alle: It's good for me

Dromi/Drö: It's good for you

Alle: It's good for you,
Therefore let us all be free,
Let's gonna rip it up, let's gonna rock it up,
Let's gonna shake it up at the ball tonight.

Peppo: Well mum, he gave me hundert punds

Alle: Let's gonna rip it up, let's gonna rock it up,
Let's gonna shake it up at the ball tonight.
Dromi/Drö: And that was one for the money
Dromi/Knö: Two for the show
Alle: Three for the honey, we go go go,
Let's gonna rip it up, let's gonna rock it up,
Let's gonna shake it up at the ball tonight.
Dromi/Knö: I wanna be your dance instructor
Alle: He's gonna be our dance instructor
Dromi/Knö: It's good for you
Alle: It's good for you
Dromi/Knö: It's good for me
Alle: It's good for me,
Let's sing the flight of the bumblebee,
Lets's gonna rip it up, let's gonna rock it up,
Let's gonna shake it up in our show tonight . . .

(Sie animieren das Publikum)

EXIDE

SINGLES

EINAKTER

VON HERWIG SEEBÖCK

Abdruck: Mit freundlicher Genehmigung des
Thomas Sessler Verlages, Wien und München

The race is on

Go ahead and laugh at me
Try to be the man you want to be.
Baby it's not hard to see what's going on.
Well maybe we should celebrate,
drink champagne, why should we wait?
Why don't we ask some friends around?
They can help us play this game we've found.
Let's bring everybody down.
Will we ever be ready for what we're heading for?

Here we stand like a couple of fools
    and the race is on.
Hand in hand as we break the rules
    and the race is on.
What's the cost to the one who lost
    when the race goes wrong?
You may say:
Why begin, when we both can't win
    but the race goes on.
Hand in hand like a couple of fools
    and the race is on.

Well surprise surprise a few more lies.
Or do we simply call them alibis.
This life we lead ain't fooling either of us.
Oh and while we're having so much fun
Let's not forget the lonely ones.
Slowly falling out of love.
This game we play can be so rough.
Now maybe we've gone far enough.
But are you sure know what we're heading for?

Blackout

(Die beiden Schauspieler legen sich in die Betten. Im Hintergrund wird das Ganglicht eingeschaltet. Durch Pauls Fenster Tageslicht. Beide Jalousien sind geschlossen. Paul erwacht, liegt auf dem Bauch. Er steht mit dem linken Fuß auf.)

Paul: Oje.

(Er zieht den Fuß zurück, dreht sich im Bett um, steht mit rechtem Fuß auf, steigt in ein Teeglas, wirft es um. Er hebt es auf, schlurft zum Fenster, öffnet die Jalousie, ist geblendet, greift zur Brille, putzt sie, setzt sie auf. Sieht aus dem Fenster, greift automatisch zum Steckkalender, steckt ihn um. Dann erst schaut er aufs Datum, setzt sich nieder.)

Am besten, ich bliebe heute zu Haus.

(Fährt mit dem Sessel zurück, streckt linkes Bein in die Höhe, hält Kalender in der Hand. Fährt zurück zum Tisch, stellt Kalender verkehrt nieder, nimmt ein aufgeschlagenes Heft, korrigiert es, schüttelt den Kopf, streicht Fehler an.)

Schwachsinn!

(Blättert Heft auf Umschlagseite, liest den Namen.)

Dein Name ist Alfred Sommer!

(Blättert das Heft wieder auf, schreibt deutlich sichtbar die Note ein.)

Nicht genügend!!

(Er greift zum nächsten Heft, schlägt es aber gleich wieder zu und wirft es auf den Stapel.)

Diese fürchterliche Tretmühle! Warum mach ich das alles? Warum, warum?

(Er steht auf, bleibt hinter dem Sessel stehen, schaut blicklos aus dem Fenster.)

Warum bin ich nur ein pflichtbewußter Mensch? Was habe ich denn getan, daß man aus mir einen pflichtbewußten Menschen gemacht hat?

(Er gähnt und dreht sich um.)

Paul: Und müde bin ich. Da schläft man die ganze Nacht wie ein Murmeltier und ist am Morgen müder als am Abend! Das ist das Alter, man wird eben nicht jünger.

(Er dreht das Radio auf, eine stupide Nummer im Discosound ist zu hören.)

Da hört man förmlich das Abendland untergehen! Dieser lackierte Schwachsinn, wer zeichnet eigentlich dafür verantwortlich?

(Er dreht erbost das Radio wieder ab und gähnt neuerlich, verhält mitten in der Bewegung.)

Diese Stille ist auch wieder nervtötend. Nein, nein, das ist einfach die Reizüberflutung.

(Er beginnt, dozierend im Zimmer auf und ab zu gehen.)

Wer soll denn das aushalten? Wer, bitte? Es ist einfach die nachdrückliche Aufforderung an die Menschheit, im Kreise zu gehen!

(Er tut es, bemerkt es schließlich und wendet sich seinem Bett zu, um das Bettzeug zu lüften.)

Der Homo sapiens ist in einer Verfallszeit par excellance gelandet, der ist rettungslos verloren!

(Er unterstreicht jedes Wort mit einer nahezu militärischen Handbewegung, während er das Bettzeug penibel aufschüttelt. Dann geht er wieder zum Radio und dreht es auf. Man hört jetzt eine harte Rocknummer.)

Boogie woogie, boogie woogie! Wem das einfällt! Merkwürdig, warum kennt man diese Leute nicht? Wo befinden sie sich?

(Er geht zum Schreibtisch und schlägt auf den Stapel Hefte.)

Wahrscheinlich im Untergrund! Haschisch und was weiß ich noch alles! Anders wäre ja so etwas gar nicht möglich!

(Er geht zum Radio zurück und sucht erbost einen anderen Sender. Man hört einen Männerchor ein Volkslied singen. Befriedigt wendet er sich zum Fenster.)

Paul: Na also!

(Er öffnet das Fenster, holt tief Luft, hustet und schließt das Fenster mit einem Ruck.)

Pfui Teufel, dieser Benzingestank! Und dieser Lärm! Jeden Morgen das gleiche. Das ist ja eine gräßliche Folter. Und ich Idiot will immer lüften! Dieser Bleigeruch! Plumbum, Pb! Die Elemente hassen uns wirklich! Der Schiller hatte recht, als er sagte: das ist eine Prüfungsfrage!

(Er notiert sich „Schiller" auf seinem Notizblock, geht in die Küche, dreht im Vorbeigehen den Herd an, wo schon ein Kessel mit Wasser steht. Dann zieht er sich aus und dutscht. Dabei singt er, immer lauter werdend, mit dem Chor aus dem Radio „Hoch auf dem gelben Wagen".)

(Jetzt beginnt Ernst, sich unter der Bettdecke zu bewegen. Er schaut auf seine Armbanduhr, tastet nach seiner Brille, schaut nochmals auf die Uhr und setzt sich im Bett auf.)

Ernst: Zwanzig nach sechs! Is denn der wahnsinnig wurn? Wieso singt denn der heut? Der hat do bis jetzt nie gsungen. Des is mir unverständlich . . . Hoch auf dem gelben Wagen . . . a Wahnsinn! Der ghört eingsperrt . . . na des . . . wie sowas möglich is . . . Ruheeee . . .

(Er bringt den Schrei nicht richtig heraus.)

. . . der hert mi net amal. Den hat ma do bis jetzt no nie ghert. Na, alles fangt amal an . . . Der hert net auf! Und den Radio hat er a an. Der singt gengan Radio. Ruheeeeeeee!!! Der hert mi net!

(Er springt aus dem Bett, läuft zur Tür, öffnet sie und brüllt auf den Gang hinaus.)

Ruheeeeeeee!!!!!!

(Paul hört zu singen auf, Ernst schließt die Tür und legt sich zufrieden ins Bett.)

Na also.

(Paul steckt den Kopf aus der Dusche. Er hat den Kopf einshampooniert.)

Paul: Schreit da wer Ruhe?

(Er dreht die Brause ab, wickelt sich ein Handtuch um die Hüften und kommt zur Tür, wo er horchend stehen bleibt. Dreht Radio leiser.)

Paul: Da hat doch jemand Ruhe geschrien. Jeder, der RUHE schreit, macht mehr Lärm als der, der vorher den Lärm gemacht hat, das ist eine alte Weisheit. Es ist sechs Uhr vorbei, da kann ich singen, so laut ich will.

(Er horcht nochmals, wendet sich dann dem Herd zu.)

Habe ich mir wahrscheinlich nur eingebildet. Wäre ja auch zu dreist.

(Er beginnt, das Frühstück vorzubereiten.)
(Ernst sitzt wieder im Bett und schüttelt den Kopf.)

Ernst: Zwanzig nach sechs. Mitten in der Nacht! Der is sicher wahnsinnig wurn. I kann mir des net anders erklärn.

(Er legt sich hin, zieht die Decke über das Gesicht. Dreht sich hin und her, richtet sich schließlich wieder auf.)

Ernst: Scheiße, i kann nimmer schlafen. I kann jetzt wieder drei Valium nehman.

(Er greift zu einer Phiole und nimmt drei Tabletten heraus.)

Und dann bin i auf der Probe wieder damisch . . . Scheiß auf die Valium, i probiers.

(Er gibt die Tabletten wieder in die Phiole zurück und legt sich hin. Paul ist mit seinen Vorbereitungen für das Frühstück fertig und geht wieder unter die Dusche. Er dreht das Wasser auf und verbrüht sich. Er schreit laut.)

Ernst: Ah! Jetzt schreit er wieda. I kauf mir a Oropax. *(Er notiert auf einen Zettel „Oropax".)* Oropax kaufen. So! Der Wahnsinnige. *(Er legt sich wieder hin, dreht sich zur Wand und murmelt.)*

Hoch auf dem gelben Wagen.

(Paul beginnt nun allmählich wieder zu singen. Aus dem Radio hört man Nachrichten.)

(Ernst rappelt sich hoch)

Ernst: Jetzt fangt der scho wieder an! Na wart, des wer ma glei haben. Die Nacht is eh schon hin. Na wart nur, jetzt kummt da Gegnstoß, aba mit da Schiffsartillerie!!

(Er kramt unter dem verstreuten Zeugs herum.)

Wart nur, wann i de Plattn find, dann hebts di da drin aus de Bock, dann hast a Krakeelmuster in deine Fenstascheibn. So wahr mir . . . Du weckst mi nimma auf, zwanzig nach sechs, wann i um drei in da Fruah hamkumman bin . . . Der Arsch geht mir e scho lang auf die Nervn, weil man den ganzn Tag net hert. Jetzt glaubt er, er kann ins andere Extrem umschlagn. Na, da wird a . . . und überhaupt, dem feia i a Breitseite . . . scheuen wir Breitseiten, Kanonendonner und Pulverdampf?? Woher denn: den bösen Feind laß feuern!!!

(Er hat die Platte gefunden, legt sie auf.)

Ernst: Suzie Quatro, die Viertelsusi. Na wart nua: „se res gos on!" So!!! Volum full, und jetzt aus allen Rohren: oan, tu, sri!

(Die Musik beginnt dröhnend zu plärren, er springt kichernd ins Bett und wippt mit dem Fuß im Takt. Paul ist inzwischen mit der Morgentoilette fertig geworden und in die Hose geschlüpft. Er verstummt nach den ersten Takten, stutzt und kommt horchend nach vorne.)

Paul: Das darf doch nicht wahr sein!! Das ist der Wahnsinnige mit seiner Negermusik! Der will mich provozieren. Einen Sängerkrieg! Den kann er haben!!

(Er schaltet das Radio ab, sucht ebenfalls eine Schallplatte.)

Wo ist der Lohengrin? Mit Gefühl und Sitte ist hier gar nichts zu erreichen, bei so einem Proleten. Dem werd ich die Teutsche Musik, dem brülle ich ganz Bayreuth in die Ohren, samt seinen amerikanischen Touristen!! Dieser unreife Mensch! Die Schlacht ist eröffnet!!!!!

(Wagner setzt mit großer Lautstärke ein, Paul dirigiert und singt mit. Ernst dreht noch lauter, Paul ebenfalls. Ernst dreht noch lauter, Paul ebenfalls. Ernst dreht einen Lautsprecher zur Wand, Paul tut das gleiche. Paul verliert als erster die Nerven. Er dreht seine Anlage ab und brüllt Richtung Ernst.)

Paul: Ruheee! Ruhee! Das halt ich nicht aus! Ich bin, ich mein, ich bin einfach zu schwach! Die Physis läßt mich spornstreichs im Steich, ich mein, im Stich! Ruhee!

(Er läuft in die Küche, sperrt auf und stürmt über den Gang, donnert mit der Faust auf Ernsts Türe. Der springt aus dem Bett und reißt die Tür auf. Sie stehen sich wütend gegenüber.)

Paul: Geht das nicht etwas leiser?

Ernst: Das frag ich Sie!

Paul: Ich, ich mein, ich hab bereits kapituliert! Bitte!

(Er geht in seine Wohnung, zeigt Ernst, daß dort Stille herrscht, kommt wieder zurück.)

Bitte, Stille, absolute Stille!!!

Ernst: Sie haben nicht kapituliert! Sie haben mich mitten in der Nacht mit Ihrem Gegröle geweckt, und ich hör mir jetzt meine Musik an, und da können Sie gar nix dagegen tun, es ist halb sieben!

Paul: Ich hol die Funkstreife, wegen Erzeugung ungebührlichen Lärms in meiner Nachbarschaft! Die kommt jederzeit! Ich mein, falls Sie das, ich mein, nicht wissen sollten! Was Sie tun, ist kriminell! Sie sind ja ein, ein . . . Terrorist sind Sie!!! Daß Sie's wissen!!

(Er will sich in seine Wohnung zurückziehen, Ernst hält ihn auf.)

Ernst: Moment, den Dings nehmens zruck, den Terrorist! Sonst ruf nämlich i die Funkstraf! Ich darf mich ganz genauso unterhalten wie Sie, wenn ich jetzt an einer Schlaflosigkeit leide, Sie Oberlehrer, Sie!

Paul: Ich bin kein O, ich bin, ich bin ein Pädagoge!

Ernst: Des siech i Ihna an!

(Er zieht sich in seine Wohnung zurück, Paul geht ihm nach.)

Paul: Ich bin Mittelschulprofessor für Chemie.

(Ernst schlägt ihm die Tür vor der Nase zu.)

Paul: . . . und Deutsch! Wir sprechen uns noch! Das ist eine bodenlose . . . ich mein, eine Frechheit sondergleichen, und das wird ein Nachspiel haben!

(Er geht ebenfalls in seine Wohnung, schlägt die Tür zu. In dem Moment beginnt der Wasserkessel zu pfeifen, er nimmt ihn und verbrennt sich fürchterlich. Er schreit wie am Spieß.)

Ernst: Was hat er denn jetzt scho wieda? *(Er öffnet die Tür und ruft über den Gang.)* Haben Sie sich verletzt? Haben Sie sich verletzt? Der gibt ka Antwort! Haben Sie sich verletzt??

Paul: Meinen Sie mich?

Ernst: No na, mi wer i manan.

Paul: Ja, ich habe mich . . . nein, ich habe mich nicht verletzt!!

Ernst: Na, dann is e guat.

(Er will in seine Wohnung zurückgehen, Paul reißt die Tür auf und fährt ihn an.)

Paul: Außerdem geht Sie das nichts an!

Ernst: So??? Dann geht Sie des a nix an, was ich Sie gefragt habe!

(Sie donnern gleichzeitig ihre Türen in die Schlösser. Paul versorgt seine Brandwunde, Ernst bleibt im Türrahmen zwischen Küche und Zimmer stehen.)

Ernst: Zu allem Überfluß hab i jetzt Bauchweh. I geh scheißen.

(Er nimmt Klopapier und Schlüssel vom Haken und begibt sich auf die Toilette. Paul hat jetzt ein Pflaster auf dem Finger, er richtet Kaffee und Brot auf einem Tablett her und geht damit zum Schreibtisch.)

Paul: Diese ganze Aufregung hat sich mir auf den Magen geschlagen! Sowas war noch nie da! Dieser unverschämte Mensch!

(Er nimmt ebenfalls Klopapier und Schlüssel und geht Richtung Toilette.)

Paul: Der sollt bei mir in der Schule sein, da würde er was erleben!

(Er ist bei der Klotür angelangt und will sie öffnen.)

Ernst: Besetzt!

(Paul wendet sich unwillig um und geht zurück.)

Paul: Der kackt jetzt wieder eine kleine Ewigkeit!

(Er kommt an Ernsts offener Wohnungstür vorüber, schaut hinein.)

Dieser primitive Mensch. Warum muß gerade ich solche Nachbarn haben?

(Er geht weiter in seine Wohnung.)

Immer ist mir dieser ungebildete Kerl im Weg. Ich mein, wie kommt man eigentlich dazu als Mittelschulprofessor, sich auch privat mit so einem Geschmeiß herumzuärgern!! Am gescheitesten wird sein, wenn ich da auszieh. Zwar schad, ich mein, weil die Miete hier billig ist, aber bei solche Leut ist das auf die Dauer gar nicht möglich! Da krieg ich ja früher noch einen Nervenzusammenbruch!

(Er nimmt einen Schluck Kaffee und verbrennt sich die Lippen. Daraufhin geht er wieder zum Klo und rüttelt an der Tür.)

Ernst: Besetzt!!!

(Paul geht zurück in seine Wohnung. Er spricht so laut, daß ihn Ernst hören muß.)

Paul: Unglaublich! Dieser Mensch bringt es fertig, stundenlang zu exkrementieren! Was hat der Kerl überhaupt für einen Darm? Er hat ja auch eine Ausdünstung wie ein Iltis.

(Paul ist nun wieder im Zimmer angelangt.)

Ich werd ihm einmal eine Packung Chlorophylltabletten schenken, ich mein . . . Chlorophyll, Blattgrün . . . auch eine Prüfungsfrage, angewandte Chemie!

(Er notiert auf seinem Block „Chlorophyll", nimmt dann seine Kaffeetasse, bläst vorsichtig, trinkt und wandert dozierend im Zimmer umher.)

Paul: Dies ist die längste Entschlackung, der ich jemals die Ehre hatte, beizuwohnen. Ich mein, man darf nur den Humor nicht verlieren.

(Er fuchtelt mit der Schale, schüttet sich an. Er unterdrückt einen Fluch und geht rasch zum Waschbecken, um den Kaffeefleck auszuwaschen.)

Wenn man den Humor verliert, dann wird es fürchterlich, das weiß ich aus Erfahrung mit meinen Schülern, diese aufsässige Bande!

(Er kommt zum Tisch zurück, setzt sich und trinkt vorsichtig. Er beruhigt sich allmählich.)

Koffein . . . Aufputschmittel, ist allerdings auch ein Relaxans.

(Er springt auf und regt sich auf.)

Wenn dieser Kretin noch lang das Klo blockiert, trete ich die Tür ein! Dann soll er ruhig die Funkstreife holen, ich bin doch im Recht, wenn ich . . . Ich mein, wie man sich nur sowas herausnehmen kann? Ich denke, ich werde doch wegziehen von hier. Ich probiers noch einmal, ich mein, probieren geht über studieren.

(Er geht wieder hinaus und nimmt eine Spraydose mit. Er rüttelt resolut an der Klinke.)

Ernst: Besetzt!!!!!

Paul: Ich finde das einfach impertinent! Wo Sie wissen, ich mein, daß wir nur eine Toilette haben! Sie haben sich kurz zu fassen, mein Herr!! Wenn Sie in einer Zelle telefonieren, können Sie nicht auch dauernd, ich mein, was soll ich denn machen?

Ernst: Aber des is doch was anders!

Paul: Das brauchen Sie mir nicht zu erklären, ich bin Professor!

Ernst: Was störns mi denn heit in aner Tour? Des is doch was firchterliches in den Haus, net amoi am Scheißheisl hat ma sei Rua!!

(Paul weicht ein paar Schritte zurück, hinter ihm wird in einer Wohnung das Licht angedreht.)

Paul: Ich bitte Sie, versprühen Sie hier nicht Ihr ordinäres Vokabular!

Ernst: Wann i jetzt da auße kumm, dann gschiecht a Unglick!! I zdruck Di wira Wanzn, Du . . . Du!!! Ja, es is ja . . . Wia wird mir denn, mit was hab i des . . . na wart nua . . .

(Paul flüchtet in seine Wohnung, bleibt hinter der geschlossenen Tür stehn.)

Paul: Der bringt mich noch um! Der ist ja gemeingefährlich.

(Ernst stürmt aus der Toilette.)

Ernst: Ah, und jetzt is er net da, versteckt si, dieses Schwein! Des andere Leut bei ihre Handlungen . . . Der Schiß is des Wichtigste im Leben!! Mit an verstopften Auspuff kann kaner fohrn, Sie Alchemist, Sie!

Paul: Schweigen Sie, Sie ungebildeter Mensch, Sie!! Sie sind ja, ich mein, ungebildet, ich mein, unfähig!! Der geringste Anstand verbietet es mir, mit einem Narren, wie Sie einer sind . . .

Ernst: Wer hat denn jetzt angfangen, bitte? Wer denn?! Ich bin friedfertig auf meiner Muschel gsessen . . .

Paul: Das ist geradezu auch meine . . . Muschel!

Ernst: Ich habe in diesem Haus scho gwohnt, da san Se erst einzogn! Da habn Sie sich von mir ein Maggi ausburgt, des was i bis heit no net zruckhab!! Aber am . . . und Sie wolln ein Mensch sein, aber am Klo bedrängen Sie mich!!! Und ich sage Ihnen eines: Ich habe bisher nicht mit Ihnen geredet, und ich werde auch weiterhin nicht mit Ihnen reden! Meine Absicht ist es nämlich, allein zu sein, und da laß ich mir nicht von so an ledichn Chemiebieber ins Handwerk pfuschen, daß Sie es glei amoi wissen!! Und iwerhaupt: Mit so einem pädagogischen Reaktionär red i nix!! Und wagen Sie es noch einmal, sich in meine Sitzungen hineinzumischen, und Sie werden solchermaßen von mir hören, daß es Ihnen nicht behagt!!! Des kann i Ihna a schriftlich gebn, wenns wollen, Sie lächerlicher Reagenzglaslfanatiker, Sie!!!!!! Wenn aner kan Humor net hat, is er von Haus aus a Trottel.

(Er rauscht in seine Wohnung ab und schlägt die Tür zu. Paul horcht noch ganz kurz und rennt dann eiligst auf das Klo.)

Paul: Endlich!

(Während Paul damit beschäftigt ist, aus seiner Spraydose Wohlgerüche zu verbreiten und anschließend rasch im Inneren des WC verschwindet, setzt sich Ernst erschöpft auf das Bett.)

Ernst: Ah, jetzt hab i mei Klopapier vergessen.

(Er springt auf, es zu holen, überlegt es sich aber und bleibt da.)

Is eh scho wurscht! Jetzt sitzt er scho! Schlafen kann i eh nimmer!

(Er beginnt sich anzuziehen.)

Mi so aufregen, in allar Frua, des is do net möglich! Ma kann afoch nimma allan sein. Imma und imma is ana do, der was ... Wo des politische Bewußtsein bei de Leit aufaungt, des san afoch verantwortungslose, grenzenlose Egoisten! Anders kann i mir des afoch net erklärn. Der Pursch is doch von meiner Generation! Fast. Des vasteh i net.

(Er geht in die Küche und sucht etwas.)

Oje, is scho wieda ka Kaffee do.

(Er kommt ins Zimmer zurück, flirtet mit der Whiskyflasche.)

Ernst: Der Hund hat mei Maggi und gibts net zruck! (Er entschließt sich, zu handeln, geht hinaus auf den Gang, zögert jedoch vor Pauls Tür.)

Wamma der an Kaffee ... der ganze Gang riacht nach Kaffee, des is jo a Folter.

(Er schließt seine Tür abrupt.)

Na! Da muaß ma an Stolz habn! Der soi si sein Kaffee in die Haar schmiern! Brauch kan Kaffee. Bin gestern a ohne Kaffee auskumman! Es schenkt am eh kana was. Der Hund hat eh a Sau, wann der net grennt war, denn hätt i ... Bier is a kans da! Muaß i wieder gehn, aufschreibn lassn.

(Er steht ziemlich unglücklich im Türrahmen.)

Was soll i jetzt machn?

(Er zündet eine Zigarette an, öffnet den Vorhang. Sein Blick fällt auf den Spielplan.)

Was spüma denn heit? Oje, scho wieda den Zladek. Da muaß i mi wieda nackert ausziagn und tanzen.

(Er schwingt sich lustlos aufs Zimmerfahrrad.)

Um so a Zeit waß doch der Mensch nix mit sich anzufangen. Schrecklich is des. Und an allem is nur der schuld! . . . Jetzt sitzt er wohrscheinlich am Heisl und lest „Das ganze Leben ist Chemie". Eine Tragödie is des.

(Er hat genug vom Radfahren, steigt ab und macht ein paar Kniebeugen. Plötzlich läutet die Uhr des Fahrrades, er hebt den Telefonhörer ab.)

Schreißradl. Wamma wem auruafn könnt. Na, de hoitn mi fir teppert, meine Kollegen, wann i da jetzt auruaf.

(Er bemerkt die immer noch aufgelegte Suzi-Quatro-Platte, legt den Tonarm wieder auf Anfang und setzt sich. Er nimmt das Cover und küßt es. Er singt mit.)

Ernst: The race goes on . . . de hat afoch a Sexualstimm! *(Er lauscht verzückt.)* Jetzt war i neigierig, ob der no imma am Heisl sitzt.

(Er bewegt sich mit Tanzschritten zum Klosett.)

Natirlich hockt er no draußn. Wer is jetzt länger draußn, Sie oder i? Ka Reaktion. Geniern's Ihnen jetzt? Hams jetzt a schlechtes Gewissen?? Jetzt markiert er den Schweigsamen.

(Man hört die Spülung, Ernst schließt geräuschvoll seine Tür, versteckt sich aber auf der Bodentreppe. Paul kommt vorsichtig aus dem Klo und stellt Ernsts Klopapierrolle auf dessen Gangfenster. Währenddessen schleicht sich Ernst von hinten an und spricht Paul unvermittelt an.)

Ernst: Fasse dich kurz!

(Paul fährt zusammen.)

Paul: Ich habe gesagt, ich rede nicht mit Ihnen!

(Er enteilt in seine Wohnung, Ernst schüttet sich aus vor Lachen.)

Ernst: Hahaha, jetzt hab i eam dawischt!

(Paul wäscht seine Hände.)

Paul: Unglaublich, wie tief so ein Mensch sinken kann! Da ist der Kerl ein Schauspieler und verhält sich derart primitiv! So ohne jedes Standesbewußtsein.

(Er hat die Hände abgetrocknet und nimmt nun seinen Pyjama und geht ins Zimmer, wo er den Pyjama ins Bett legt.)

Na ja, er ist sicher ein schwerer Alkoholiker und rauschgiftsüchtig, so wie alle Schauspieler!

(Ernst hat sich zum Tisch gesetzt und ein Glas mit Whisky gefüllt. Er nimmt einen tiefen Zug.)

Ernst: Ahhh, der brennt awe! So a Whisky is ja doch was Herrliches, a um dreiviertel Siebn, als Frühstück.

Fortsetzung der 1. Fassung auf Seite 184

2. Fassung

Ernst: The race goes on . . . de hat afoch a Sexualstimm! *(Er lauscht verzückt.)*

Jetzt war i neigierig, ob der no imma am Heisl sitzt.

(Er bewegt sich mit Tanzschritten zum Klosett.)

Natirlich hockt er no draußn. Wer is jetzt länger draußn, Sie oder i? Ka Reaktion. Geniern's Ihnen jetzt? Hams jetzt a schlechtes Gewissen?? Jetzt markiert er in Schweigsamen.

(Man hört die Spülung, Ernst schließt geräuschvoll seine Tür, versteckt sich aber auf der Bodentreppe. Paul kommt vorsichtig aus dem Klo und stellt Ernsts Klopapierrolle auf dessen Gangfenster. Währenddessen schleicht sich Ernst von hinten an und spricht Paul unvermittelt an.)

Ernst: Fasse dich kurz!

(Paul fährt zusammen.)

Paul: Ich habe gesagt, ich rede nicht mit Ihnen!

(Er enteilt rasch in seine Wohnung, Ernst schüttet sich aus vor Lachen und zieht sich ebenfalls zurück.)

Ernst: Hahaha, jetzt hab i ihm erwischt!

Paul: Es ist unglaublich, wie tief so ein Mensch sinken kann!

(Er räumt das Frühstücksgeschirr in die Abwäsche.)

Da ist der Mann ein Schauspieler und verhält sich derart primitiv! So ohne jedes Standesbewußtsein.

Na ja, er ist sicher ein schwerer Alkoholiker und rauschgiftsüchtig, so wie alle Schauspieler. Da erlischt ja bekanntlich die Verantwortung total.

(Er zieht sein Hemd an und bindet eine Krawatte um.)

Eigentlich hätte ich die Pflicht, als verantwortungsbewußter Staatsbürger, ihn in eine Erziehungsanstalt einliefern zu lassen. Damit könnte dem Manne sogar geholfen werden. Und ich hätte meine Ruhe.

Fortsetzung der 2. Fassung auf Seite 185

Fortsetzung der 1. Fassung von Seite 182

(Paul ist mit dem Bett fertig, nimmt die Platte vom Gerät und verstaut sie.)

Paul: Eigentlich hätte man ja die Pflicht, als verantwortungsvoller Staatsbürger, diesen Menschen in eine Entziehungsanstalt einweisen zu lassen.

(Er nimmt das Frühstückstablett auf und geht in die Küche.)

Damit könnte dem Manne sogar geholfen werden, und ich hätte meine Ruhe.

(Ernst nimmt den Tonarm von seinem Plattenspieler und horcht.)

Ernst: Aha, jetzt is er ganz still! Brav. Vielleicht is er beleidigt? Sicher is er beleidigt.

(Paul rasiert sich beim Spiegel.)

I könnt ihn ja auf an Whisky einladn. Aber der Herr Professa sauft ja nur a destilliertes Wassa. Der is ja a Trottl . . . Bitte, i kenn eam ja net, aber es schaut ganz so aus, als ob er a bißl teppert warat.

(Paul hat sich frisiert, schlüpft nun ins Hemd.)

Paul: Andererseits ist es ja kein Wunder, wenn einer so tief . . . herumvegetiert! Dieser . . . dieser Einsiedlerkrebs!

(Er bindet seine Krawatte um.)

Ernst: Eigentlich is er eh net so uneben. Aber er is so, so gstarzt, is er. Er is . . . a Fant, das kann ich kühn behaupten. Ja, es wissen die Herren, er übet jeglichen Frevel! . . . Frevel. Punkt. Goethe. Aber des is a Chemieprofessor, was soll der mit Goethe.

(Paul hat inzwischen seine Strickweste, Sakko und Schuhe angezogen und setzt sich nun zum Schreibtisch, wo er die Schulhefte in die Tasche gibt.)

Paul: Aber im Grunde müßte man ja Verständnis mit ihm haben, weil ich ja auch allein lebe. *(Er spitzt einen Bleistift.)* Aber ich fühle mich wohl dabei! *(Er blickt auf ein Foto seiner Frau.)*

Fortsetzung der 1. Fassung auf Seite 186

2. Fassung

Fortsetzung von Seite 183

(Er setzt sich zum Schreibtisch und packt die Hefte in seine Aktentasche.)

Paul: Andererseits ist es ja kein Wunder, wenn einer so tief ... herumvegetiert, dieser ... Einsiedlerkrebs! ...

(Er spitzt seine Bleistifte.)

Aber im Grunde müßte man ja Verständnis mit ihm haben, weil ich ja auch allein lebe. Aber ich fühle mich wohl dabei! *(Er legt die gespitzten Bleistifte wie die Zinnsoldaten vor sich auf. Blickt auf ein Foto seiner Frau.)* Bitte, ich kenne es ja auch anders. Aber das hat nicht funktioniert. *(Er nimmt das Foto in die Hand.)* Du hast mir ja mit deiner Pedanterie und vor allem mit deinem penetranten Humanismus das Leben zur Hölle gemacht!

(Er legt das Bild mit dem Gesicht nach unten hin.)

Ich sollte mich krank melden! Einen Tag! Das ist, ich mein, das müßte doch drin sein, in meinem Pflichtbewußtsein! ... Merkwürdig, so ein Selbstgespräch ist ja direkt was Läuterndes! Ein intelligenter Mensch ist imstande, ein lückenloses Selbstgespräch zu führen. Ein Selbstgespräch ist ja oft auch eine Art Therapie. Eine Lösung, die man sich anbietet.

(Er steht auf und holt die Schuhe aus der Küche. Dann setzt er sich in den Schaukelstuhl, um sie anzuziehen.)

Na, vielleicht könnte man diese Lösung auch dem verrückten Schauspieler angedeihen lassen. Wer weiß, wir brauchen doch jeder jemand.

(Er steht auf, putzt seine Brille, stellt das Bild seiner Frau wieder auf.)

Es ist doch unser Grundübel, daß wir nicht alleine sein können. Bitte, ich probiers! Man ist ja schließlich humanistisch gebildet. Wo ist nur das Maggi?

Fortsetzung der 2. Fassung auf Seite 187

Fortsetzung der 1. Fassung von Seite 184

Paul: Bitte, ich kenne es ja auch anders. Aber das hat eben nicht funktioniert. *(Er nimmt das Bild in die Hand.)*

Du hast mir ja mit deiner Pedanterie und vor allem mit deinem penetranten Humanismus das Leben zur Hölle gemacht.

(Er bleibt mit dem Bild in der Hand sitzen, Ernst neigt sich zum Suzi-Quatro-Cover und spricht zu ihm.)

Ernst: Soll i net do bei ihm anklopfn? Was manst du, Suzi? Manst, haut er mit auße? Aber der geht eh in sei blede Schui. Auf, auf, zum Erzeugen von Untertanen!

(Er nimmt einen Schluck. Paul lehnt sich im Sessel zurück, entspannt sich.)

Paul: Merkwürdig. So ein Selbstgespräch ist ja direkt etwas Beruhigendes! Etwas Läuterndes. Es ist eine Art Therapie.

Ernst: Na, mit dem kann i mi in ka Diskussion einlassn.

(Paul steht auf und geht in die Küche. Er nimmt ein Maggi-Fläschchen in die Hand.)

Paul: Na, vielleicht sollte man diese Therapie auch dem verrückten Schauspieler angedeihen lassen.

Ernst: Schad.

(Paul kommt mit dem Maggi zum Tisch zurück, holt seine Tasche und schlüpft in den Mantel.)

Paul: Es ist doch unser Grundübel, daß wir nicht allein sein können.

Ernst: Schade.

(Paul schließt seine Tür auf. Bei diesem Geräusch springt Ernst auf und läuft zur Tür. Er öffnet sie leise und beobachtet Paul, der seine Tür von außen abschließt, wobei er das Maggi in der linken Hand hat.)

Fortsetzung der 1. Fassung auf Seite 188

Fortsetzung der 2. Fassung von Seite 185

(Er sucht das Maggi, findet es, merkt, daß es leer ist und wickelt es in eine Serviette. Dann steckt er es in seine Aktentasche. Er beginnt nun, aufzuräumen und sich zum Aufbruch fertig zu machen. – Ernst hat in der Zwischenzeit seine Kakteen gegossen, sich dann in seinen Stuhl gesetzt und Suzi Quatro immer wieder aufgelegt. Außerdem hat er mit der Whiskyflasche kokettiert. Jetzt nimmt er sich einen Anlauf und genehmigt sich einen tiefen Schluck.)

Ernst: Ah, der brennt owe! Whisky is doch was Herrliches! Ein Göttergetränk! Auch um dreiviertel Sieben, als Frühstück.

(Er nimmt den Tonarm ab und horcht.)

Jetzt isser ganz still, der . . . Vielleicht isser beleidigt? Wahrscheinlich . . . I könnt ihn ja auf an Whisky einladn. Aber, der sauft ja nur a destillierts Wossa, der Herr Professor. Des is ja a Trottl . . . Bitte, i kenn eam ja net. Aber es schaut ganz so aus, als ob er ein bißl teppert warat. Ein Spinner! . . . Eigentlich isser eh net so unebn.

(Er nimmt einen kräftigen Schluck.)

Aber er is aso gstarzt. Er is ein Fant, das kann ich kühn behaupten! Ja, es wissen die Herren, er übet jeglichen Frevel! . . . Frevel. Punkt. Goethe. Aber des ia a Chemieprofessor, was soi der mit Goethe?

(Er trinkt wieder, beugt sich vor zum Cover.)

Soll i net do bei ihm anklopfn? Was manst du, Suzi? Manst, haut er mi auße? Aber, der geht eh in sei blede Schui. Auf, auf, zum Erzeugen von Untertanen! Na, mit den kann i mi in ka Diskussion eilossen. Schad . . . Schade.

Fortsetzung der 2. Fassung auf Seite 189

Fortsetzung der 1. Fassung von Seite 186

Ernst: Guten Morgen!

(Sie stehen einander auf dem Gang gegenüber.)

Paul: Guten Morgen! Ich mein . . .

Ernst: Guten Morgen . . . samma wieder guat?

Paul: Wir waren doch nie bös miteinander. Das heißt, wir waren neutral. Es war eine Form des kalten Krieges, was uns trennte . . . Also, ich mein . . .

(Ernst streckt ihm die Hand hin, Paul nimmt sie zögernd.)

Ernst: Entschuldigen!?

Paul: Was sollte ich denn entschuldigen? Jeder Mensch ist berechtigt, in einem angemessenen Rahmen seiner Natur gemäß, ich mein, individuell zu handeln, ich mein . . .

Ernst: Wo gehns denn jetzt hin?

Paul: Ich gehe in die Schule.

Ernst: Ah ja, hab i ganz vergessen.

Paul: Ja, leider, die Pflicht und so . . .

Ernst: Ja ja, i waß um die Pflicht.

(Er trinkt.)

Paul: Befinden sich aber momentan bei der Kür?

Ernst: Ja, unwillkürlich.

Paul: Also dann, ich muß jetzt gehen.

(Er macht ein paar Schritte.)

Ernst: Ja, leider, i hätt mi ganz gern . . .

(Paul bleibt stehen, kommt zurück.)

. . . mit ihnen unterhalten.

Paul: Das ist leider nicht möglich, ich meine, jetzt. Aber abends vielleicht?

Ernst: Aber abends, da hab ich ja leider nie Zeit.

Paul: Schade, ich mein, was soll man da machen?

Fortsetzung der 1. Fassung auf Seite 190

2. Fassung

Fortsetzung der 2. Fassung von Seite 187

(Er nimmt noch einen Schluck. Paul ist mit seinen Vorbereitungen zum Aufbruch fertig, steht jetzt in Hut und Mantel da, blickt sich noch einmal in seiner Wohnung um und schickt sich an, zu gehen. Wenn Ernst Pauls Wohnungstür hört, springt er auf und eilt zu seiner Tür, macht sie behutsam auf.)

Ernst: Guten Morgen!
(Sie stehen einander auf dem Gang gegenüber.)

Paul: Guten Morgen! Ich mein . . .

Ernst: Guten Morgen . . . samma wieder guat?

Paul: Wir waren doch nie bös miteinander. Das heißt, wir waren neutral. Es war eine Form des kalten Krieges, was uns trennte . . . Also, ich mein . . .
(Ernst streckt ihm die Hand hin, Paul nimmt sie zögernd.)

Ernst: Entschuldigen!?

Paul: Was sollte ich denn entschuldigen? Jeder Mensch ist berechtigt, in einem angemessenen Rahmen seiner Natur gemäß, ich mein, individuell zu handeln, ich mein . . .

Ernst: Wo gehns denn jetzt hin?

Paul: Ich gehe in die Schule.

Ernst: Ah ja, hab i ganz vergessen.

Paul: Ja, leider, die Pflicht und so . . .

Ernst: Ja ja, i waß um die Pflicht.
(Er trinkt.)

Paul: Befinden sich aber momentan bei der Kür?

Ernst: Ja, unwillkürlich.

Paul: Also dann, ich muß jetzt gehen.
(Er macht ein paar Schritte.)

Ernst: Ja, leider, i hätt mi ganz gern . . .
(Paul bleibt stehen, kommt zurück.)
. . . mit ihnen unterhalten.

Paul: Das ist leider nicht möglich, ich meine, jetzt. Aber abends vielleicht?

Ernst: Aber abends, da hab ich ja leider nie Zeit.

Paul: Schade, ich mein, was soll man da machen?

Ende der 2. Fassung

Ernst: Und wenn Sie heut ausnahmsweise nicht zur Schule gehen würden?

Paul: Wo denken Sie hin, junger Mann! Das wäre allerdings eine Möglichkeit . . .

Ernst: Und die Möglichkeit könntens net ventilieren?

Paul: Ich habe selbst in meiner frühesten Jugend nicht geschwänzt, ich mein, die Schule und so . . .

Ernst: Dann is' höchste Zeit . . .

Paul: . . . Das wäre nunmehr eine verrückte Ausnahme . noch dazu, wo ich . . .

Ernst: Was?

Paul: Wir haben heute Prüfungen! Und da muß ich doch, ich mein, da muß ich aber . . .

Ernst: Gengans, die Schüler san doch eh nur froh, wanns net prüft wern.

Paul: Aber das ist Anarchie, was Sie da sagen, junger Mann! Eine Prüfung ist wie eine . . . ich weiß nicht, ich meine, so sollte man nicht reden. Was trinken Sie denn da?

Ernst: Whisky.

Paul: Entsetzlich! Jetzt in der Früh, ich mein, am Morgen trinken Sie Whisky?

Ernst: Na ja, i hab nix anders da.

Paul: Ich mein, ein Bier ließe ich mir noch einreden. Das ist zumindest nicht so schädlich, wie dieser Fusel da!

Ernst: Habn Sie vielleicht a Bier zhaus?

Paul: Ja natürlich, ein paar Dosen. Die trink ich immer beim Fernsehen. Am Abend allerdings! Aber ich könnt Ihnen ein paar Büchsen zur Verfügung stellen. Ich hab sie auf dem Eis. Ich weiß nicht, wie das Ihrer Stimme bekommt, ich mein . . .

Ernst: Meiner Stimm macht das gar nix. I bin kaner von die Seicherln, wofür man die Barden gemeinhin hält.

Paul: Die was hält man?

Ernst: Die Barden, ein Barde ist . . .

Paul: Ich weiß, ich weiß. Ich selbst bin ja auch sozusagen ein Barde.

Ernst: Ah so?

Paul: Ich bin in einem Männergesangsverein.

Ernst: Des hab i ghert, vorhin.

Paul: Also gut, ich hol Ihnen das Bier.

Ernst: Baßbariton.

(Paul sucht das Weite, holt zwei Dosen Bier aus seinem Kühlschrank.)

Paul: Jetzt muß ich aber.

Ernst: Scho wieder?

Paul: Nein, nein, sonst komm ich zu spät.

(Er sperrt seine Türe ab.)

Ernst: Des is wirklich lieb von Ihna. Wollens net doch ane mittrinken? Nur so zum Aufwärmen?

Paul: Mir ist gar nicht kalt. Außerdem, Alkohol am Morgen, das muß man gewöhnt sein. Wie soll ich denn das meinen Kindern, ich mein, wenn ich da mit so einer Fahne ankomme. Die suspendieren mich ja vom Dienst, Nein, nein, das kann ich mir nicht leisten. Obwohl ich weitgehend unabhängig bin, aber ich mein . . . gut, bitte, eine Dose werde ich Ihnen zuliebe . . . Aber dann muß ich los. Ich bin ohnehin schon spät.

(Er kommt zu Ernst in die Küche.)

Bier am Morgen, das habe ich in meinem Leben noch nicht gemacht. Aber bitte, heut ist ohnehin schon ein komischer Tag. Ich bin mit dem linken Fuß aufgestanden, dann ist der Dreizehnte, und Freitag auch noch.

Ernst: Sans net abergläubisch, kommens, setzens Ihnen.

(Sie kommen in Ernsts Zimmer. Paul setzt sich auf den einzigen Stuhl.)

I leg a Schallplattn auf, und wir machens uns gemütlich.

Paul: Was wollen Sie denn auflegen?

Ernst: Suzi Quatro, kennens die?

(Zeigt Paul das Cover.)

Paul: Die singt doch so schrill, ich mein, die brüllt förmlich. Eigentlich ein hübsches Mädchen.

Ernst: I machs eh nur ganz leise, nur so als Kulisse.

(Er dreht den Lautsprecher um, setzt sich auf einen Hocker und nimmt die Dose zur Hand.)

Also, dann!

(Er öffnet die Dose, Paul spritzt sich mit Bier voll, springt auf.)

Paul: Das ist mir aber unangenehm. Wie seh ich denn jetzt aus? Und stinken tu ich, wie ein ganzes Bierdepot. Was soll ich denn jetzt tun? Ich muß mich umziehen.

Ernst: Mich würd des net störn.

Paul: Ja Sie, aber was mach ich in der Schule? Ich rieche ja meilenweit gegen den Wind! Darf ich mir bei Ihnen den Mantel ein bißl auswaschen?

Ernst: Na freilich, kommens nur.

(Sie gehen in die Küche zur Abwasch. Paul wäscht, Ernst beobachtet ihn dabei, er hat sein Whiskyglas bei sich.)

Ernst: Am besten wär jetzt natürlich . . .

Paul: Was?

Ernst: Sie blieberten glei zhaus.

Paul: Sie sind ein böser Geist! Lumpazivagabundus!

Ernst: Da schau her!

Paul: Was glauben Sie, wohin ich käme, wenn ich Ihre Pflichtauffassung hätte.

(Er ist mit der Reinigung des Mantels beschäftigt, hält ihn Ernst hin.)

Glauben Sie, daß das jetzt geht?

Ernst: Ja ja, hängens eam dort auf die Tür.

(Paul tut es.)

Habn Sie Eier?

Paul: Wie bitte?

Ernst: Na, ob Sie drüben bei Ihnen Eier haben? I hab mir denkt, i lad Ihner auf a Eierspeis ein. Borgens mirs derweil?

Paul: Natürlich hab ich Eier drüben. Das ist übrigens eine glorreiche Idee. Ich hab auch noch etwas Schinken. Da mach ich uns rasch Ham and Eggs als Unterlage zum Bier.

Ernst: Wissens, i bin nämlich gestern net zum Einkaufen kommen. I hab leider nix zhaus, außer diesen Whisky. Und des is a nur mehr eine verschwindende Menge. A Lackerl.

Paul: Wenn ich das austrinken würde, würde ich sterben. *(Er riecht an der Flasche.)* Ich hätte eine Alkoholvergiftung, sofort. Ich mein, ich komm gleich wieder. Ich hol rasch die Eier. Und dann machen wir uns es gemütlich, und die Schule soll mich am Tigris hinunterbegleiten!

(Er eilt in seine Wohnung und holt Eier, Schinken, Pfanne.)

Einmal krank sein – warum eigentlich nicht? Man ist ohnehin immer nur der Sklave.

(Ernst bemüht sich in der Zwischenzeit, etwas Ordnung in seine chaotische Wohnung zu bringen. Er klappt auch die Bettbank auf und räumt die umherliegenden Dinge rasch weg. Er versucht, Pauls Rede zu unterbrechen.)

Ernst: Und . . . und a . . . und a Brot a, bitte! Gewürze hab i.

(Paul kommt mit einem Tablett zurück, wo alles darauf ist, was er zur Bereitung einer Eierspeise braucht. Er zieht seinen Rock aus, krempelt die Ärmel hoch, hängt sich ein Geschirrtuch um und beginnt zu kochen. Ernst kommt aus dem Zimmer und ist über Pauls Veränderung erstaunt.)

Ernst: Also, gemmas an! Ah, Sie kochen jetzt?

Paul: Ham and Eggs kann ich gerade noch.

Ernst: Des war vorhin a schwerer Entschluß?

Paul: Sie meinen, weil ich jetzt plötzlich nicht zur Schule geh? Nein, ich hatte ohnehin vor, einmal auszubrechen. Und jetzt, ich mein, wo ich allein lebe, ist mir dies ja möglich. Ich hab ja niemand, der mir dreinredet . . . Und das ist gut so . . . Der Starke ist am mächtigsten allein. Haben Sie Öl?

(Ernst sucht es, Paul hat es schneller gefunden.)

Schon da! . . . Das wird eine Götter- . . . Ich mein, eine Speise wird das. Vier Eier und fünfzehn Deka Schinken. Und einige schwere Biere!!! . . . Hihihi, wenn mich meine geschiedene Frau sehen könnte. Die würde Augen machen. Geben Sie mir bitte die Büchse.

(Ernst weiß nicht, was er meint.)

Hihihi . . . die Büchse der Pandora! *(glücklich) (Er macht eine Trinkbewegung, Ernst versteht und holt das Bier aus dem Zimmer.)*

Auf einen ernüchterten Blutstrom wirkt Bier ja belebend.

(Sie trinken beide die Dosen leer. Paul wirft die leeren Dosen in den Müllsack.)

Es wird einem zwar etwas schwindlig an und für sich, aber das Bewußtsein bleibt klar im Raum. Nun brauche ich etwas H_2O, das ist Wasser. Das ist das Wasser der Leitung, das sogenannte Leitungswasser.

(Er geht mit dem Gefäß zur Abwasch und läßt Wasser einfließen.)

Ernst: Wozu a Wasser in die Eierspeis?

Paul: Damit sie flockig wird. Ich weiß das, ich bin Chemieprofessor. Weil sich Wasser mit dem Öl nicht mischt.

Ernst: Geht des auf die Standesunterschiede?

Paul: Da versteh ich nichts davon.

(Er arbeitet munter in der Küche weiter.)

Ernst: I hab glaubt, grad Sie . . .

Paul: Vorsicht, es zischt jetzt, wenn ich das Wasser da hineintu.

(Er tut es, es zischt wirklich.)

Ernst: Also, des is mir völlig neu mit dem Wasser.

Paul: Der Mensch lernt nie aus. Aber, es wirkt. So, jetzt brauchen wir Teller.

(Er gibt die fertige Eierspeise auf zwei Teller, stellt alles auf das Tablett.)

Nimm . . . oh, verzeihen Sie bitte, nehmen Sie bitte die Büchsen mit, ich hab jetzt gar keine Hand mehr frei.

(Ernst tut es, sie gehen ins Zimmer und setzen sich zum Tisch. Sie beginnen zu essen.)

Ernst: Wamma net gstrittn hättn, heit in der Früh, also vor ana Stund, hättn mir nie die Möglichkeit ghabt zu aner Versöhnung. Zu aner versöhnlichen Aussprache. Des is oft notwendig.

(Paul will eine Dose öffnen. Ernst nimmt sie ihm aus der Hand.)

Na, bitte. Des mach i. Sonst is wieder a Geysir da herinn.

Paul: Ich bin doch nicht ungeschickt!

Ernst: Nanana, es is net wegnan Mirchtln. Es is nur schad um jeden Tropfen des Bieres.

Paul: Bitte. Das ist ein Argument, das ich rückhaltlos billige.

(Ernst öffnet beide Dosen. Sie stoßen an und trinken. Paul rülpst.)

Verzeihung, CO_2-Transplantation.

(Ernst rülpst laut.)

Martin Luther.

Ernst: Na, Kohlensäure!

(Ernst ist als erster mit dem Essen fertig. Paul blickt am Ende seiner Mahlzeit auf die Uhr.)

Ernst: Merkt man gar nicht, daß da Wasser drin ist.

Paul: Jetzt könnte ich noch, ich mein, jetzt würde ich noch den Bus erreichen.

Ernst: Na, gehn. Jetzt, wos grad so gmiatlich is.

Paul: Na ja, anrufen sollte ich zumindest, ich mein, mich krank melden. Eine gewisse Ordnung muß schon sein. Trotz allem, nicht? Darf ich? *(Er deutet auf das Telefon.)*

Ernst: Aber bitte, Sie dürfen alles! Wenns unbedingt sein muß.

Paul: Oje.

Ernst: Besetzt? Warum gebns eigentlich dem Lehrernachwuchs ka Chance? Lassens Ihnen doch vertreten. Die san eh alle unterbeschäftigt, des waß ja sogar der Laie, daß des der Unterrichtsminister total verschissen hat.

Paul: Schaun Sie, so einfach ist das nicht! So leicht kann man sich das nicht machen. Vor allem als Außenstehender. Zum Beruf eines Lehrers braucht man schon gewisse Qualifikationen!

Ernst: I waß eh, es seits auf euchere Überstunden angewiesen!

(Paul beginnt, die Teller zusammenzuräumen.)

Paul: Nein, nein, nein, mein lieber junger Freund! Sehn Sie, das ganze ist mehr oder weniger eine politische Frage ...

(Er trägt das Geschirr in die Küche und spült es ab.)

Ernst: Ja ja, i waß eh. Die Politik is eigentlich was beschissenes, net?

Paul: Wem sagen Sie das! Unmoralisch! Aber verschiedene Ansichten sind notwendig! Persönliche Sympathie muß man eben ausklammern.

Ernst: Bin i Ihnen jetzt eigentlich scho sympathisch? Klammern Sie jetzt scho aus?

(Paul kommt aus der Küche zurück und setzt sich zu Ernst.)

Paul: Das muß ich Ihnen erklären.

Ernst: Zigaretterl?

Paul: Kein Nikotin. Sie bieten mir da ein Paradebeispiel. Nehmen wir an, Sie sind mein politischer Gegner.

Ernst: Wieso? I man . . . jetzt sag i a scho „ich mein", wie Sie.

Paul: Aha, ich mein, was halten Sie von einer politischen Debatte?

Ernst: Was, jetzt? Da, so? I bin do net vorbereitet!

Paul: Ich mein ja auch keine parteipolitische Debatte! Sondern eine politisch-ideologische Grundsatzdiskussion!

Ernst: Na ja, bitte!

Paul: Stecken wir einmal unsere Grenzen ab! Wie weit können wir mit der Toleranz gehen? Ich meine Toleranz, nicht Gleichgültigkeit. Also, die Toleranz ist ein Spielraum, den wir uns geben.

Ernst: Hörns, des hätt i Ihnen gar net zuatraut! I man, daß Sie da so voll einsteigen? Da muß i ja direkt aufpassen, daß i von Ihnen net in Ihre politischen Ansichten verflochten werd!

(Paul nimmt einen Schluck Bier.)

Paul: Das kommt nur auf die Stärke Ihrer Persönlichkeit an. Entweder Sie sind ein guter Mensch von Sezuan, oder in Ihnen schlummert ein John Hey.

Ernst: Der haßt doch John Wayne?

Paul: Nein, nicht dieser Cowboy! John Hey! Das war ein berühmter, ich mein, ein berüchtigter Witwenmörder in London. Ich glaub, in den vierziger Jahren. Der hat da die Witwen nur so ermordet. Ich mein, er war ein berühmter Massenmörder, der John Wayne, ah, Hey.

(Er trinkt wieder einen Schluck.)

Er war ein Säuremörder, wissen Sie. Das verwend ich immer, um meinen Schülern die Bestialität zu demonstrieren, und gleichzeitig lernen Sie etwas angewandte Chemie.

Ernst: Wieso dieses?

Paul: Na, durch die Säuremörder . . . ah, -morde. Hörn Sie zu:

(Ernst holt die Whiskyflasche aus der Küche.)

Der John Hey hat die Witwen zu sich nach Hause eingeladen, so wie Sie mich jetzt.

(Ernst kommt mit der Flasche zurück.)

Paul: Was er da mit ihnen gemacht hat, weiß ich nicht so genau, das is ja auch egal. No, und dann hat ers umbracht!

Ernst: Mit was? I man, womit?

Paul: Das weiß ich nicht so genau, wahrscheinlich mit einer Drahtschlinge. Oder sie haben Tee getrunken. Die trinken ja immer Tee, diese Engländer. Teein, Aufputschmittel. Wie Koffein.

(Er trinkt Bier.)

Da haben sie also einen Tee getrunken und dann, dann hat er sie mit einer Drahtschlinge umgebracht. Wahrscheinlich. Ich war ja nicht dabei. Aber so ungefähr könnte es gewesen sein. Oder er hat ihnen ein Schlafpulver ins Bier gegeben, ah, in den Tee. Ich bin schon etwas benommen. Ich glaube eher, er hat ein Schlafpulver in den Tee gegeben.

Ernst: Wieso aber dann Säuremörder?

Paul: Na ja! *(Er trinkt wieder.)* Er hat eine Badewanne gehabt. Angefüllt mit: H_2SO_4 – Schwefelsäure!

Ernst: Ja, wollt i grad sagen.

Paul: Und in diese Badewanne hat er die Witwen hinein . . . und nach einer Weile hat er sie dann abgelassen. Ich mein, ich war ja, wie gesagt, nicht dabei. – Leider.

Ernst: Aber durch die Säure wird ja die Badewanne a hin, oder net?

Paul: Nein. Die war natürlich aus Blei, Plumbum, Blei!

Ernst: Und der Stöpsel a?

Paul: Der Stöpsel auch! Da war alles aus Blei, beim Johnny Hey! Prost!

(Er trinkt wieder.)

Ernst: Zum Wohl, mein Lieber! Des is ja eigentlich eine todsichere Gschicht! Aber wie sans ihm dann eigentlich draufkommen, dem Johnny?

Paul: Indizienbeweise! Ich mein, Indizienbeweise!

Ernst: Ah so!

Paul: Die Witwen hatten nämlich Goldzähne. Und Gold, Aurum, geht bekanntlich in Schwefelsäure nicht . . . na . . .

Ernst: Flöten.

Paul: Sehr richtig, setzen! Das heißt, jetzt war ich schon ganz im Unterricht. Ich vertrag halt nicht viel. Aber was ich noch sagen wollte: Ich war in London.

(Er steht auf und doziert.)

Und da war ich bei der Madame Tussot in der Badewanne . . .

Ernst: In was?

Paul: Habe ich jetzt Badewanne gesagt? Im Wachsfigurenkabinett! Und da steht der John Hey neben seiner Badewanne.

(Er steht in der gleichen Pose da.)

Interessant! Ja, ja, er war ein berühmter Säuremörder! . . . Mich persönlich fasziniert das chemische Wissen an dem Mann.

(Er will trinken, es ist kein Bier mehr in der Dose.)

Jetzt ist kein Bier mehr da! Aber ich werde eines holen von drüben.

(Er stolpert vom Podium.)

Die Beine versagen ihren Dienst. Ich brauch jetzt etwas Erhebendes, Kaffee vielleicht. Oder nein? Was sagst Du? Sagen wir uns „du"? Ich heiße Paul.

(Er hält Ernst die Hand hin, Ernst ergreift sie und steht auf.)

Ernst: I bin der Ernstl, servas Pauli.

(Er umarmt Paul und erdrückt ihn fast, Paul macht sich mit einer übertriebenen Geste frei. Dabei fliegt die leere Bierdose in die Küche, ohne daß es Paul stört.)

Paul: Heute hab ich sie gesprengt, die Fesseln! Heute bin ich frei! Ein Löwe! Ein Leu! Gefährlich ist's, den Leu zu wecken! Uaah!!

(Er klettert auf das Zimmerfahrrad.)

Heute besteige ich den Zug, der nach Süden fährt! Ich lege mich in den Schlafwagen, und wenn ich aufwach, mach ich die Tür auf und die schwarzhaarigen Mädchen empfangen mich.

(Er steigt vom Rad und wirft dem Plakat mit den Mädchen eine Kußhand zu. Geht auf Ernst zu und legt ihn auf die Bank.)

Und den Schuldirektor leg ich in die Badewanne. Wo ist der Whisky?

Ernst: Wieso?

Paul: Wir trinken jetzt Whisky, wenn kein Bier mehr da ist! Mir is das völlig wurscht, und es hat ein Ende, alles! Frustriert sein sollen die anderen! Weil ich bin ein Löwe! Alle Löwen saufen!!

(Er nimmt einen kräftigen Schluck aus der Flasche und brüllt wie der berühmte Löwe von MGM.)

Ernst: Pauli! Herst, sei vursichtig! Du bist des net gwöhnt! Di hauts auf die Go, wannst glei da so Whisky und so. Vastehst?!

(Paul steigt vorsichtig vom Podest.)

Paul: Oder sollt ich jetzt einen Kaffee trinken und dann in die Schule?

(Er stößt an das Fahrrad.)

Paul: Nein, nein. Ich fahr heute noch nach Italien! Ich will endlich etwas haben von meinen Katastrophen!

(Ernst steht auf und will etwas vom Tisch holen.)

Halt! Stehenbleiben! Wo gehst du hin? Bitte, bleib da! Laß mich nicht allein nach Italien fahren! Ich, ich fürcht mich.

(Er umarmt Ernst ungeschickt. Der macht sich von ihm frei.)

Du wolltest mit mir politisieren.

(Er führt Ernst zur Bettbank, nötigt ihn zum Sitzen.)

Bitte. Ich bin allzeit bereit! Fang an, ich wart!

(Er setzt sich ebenfalls auf die Bank.)

Ernst: Hat des jetzt an Sinn? Glaubst, daß des geht?

Paul: Frag mich was!

Ernst: . . . Du bist a Faschist, gell?

Paul: Was ist Faschismus?

Ernst: In erster Linie is es Rücksichtslosigkeit. In zweiter Linie Angst.

Paul: Wieso Angst?

Ernst: Angst vor der Freiheit.

Paul: Und was is Freiheit?

Ernst: Freiheit is was Anstrengendes. Ein anstrengender Zustand.

Paul: Wieso?

Ernst: Weil man nicht nur selbst frei ist, sondern die andern san a frei, verstehst? Und des is dann nimmer so afoch. Die Anarchie ist die schwierigste Form der Herrschaftslosigkeit, lieber Paul!

Paul: Aber ich bin kein Anarchist! Weil Anarchie ist Unordnung!

Ernst: Na. Anarchie is Freiheit!

Paul: Du bist besoffen!

Ernst: Na, du bist bsoffn!

Paul: Das is eine Unterstellung.

(Ernst steht auf, geht weg von der Bank.)

Ernst: Und es hat doch kan Sinn . . . jetzt.

Paul: Was hat keinen Sinn? Alles hat einen Sinn!! Wo ist der Wizky?

Ernst: Da is er. Aber, bitt dich, sei vursichtig.

(Paul nimmt die Flasche von Ernst und trinkt.)

Paul: Lieber ein Säuremörder als mittelmäßig. Baudelaire: Berauscht euch!!! Setzen!

(Ernst setzt sich wieder zu ihm.)

Paul: Ernst, ich werde dir eine Geschichte erzählen.

(Er trinkt nochmals.)

Ich war nicht immer so allein, singulär, einzel! Ich war verheiratet . . .

(Er trinkt.)

Ernst: I waß.

Paul: Woher weißt du?

Ernst: Du hast mirs selber gsagt! Vurhin!

(Paul sieht ihn lange an.)

Paul: Warum lebst du allein? . . . Sag es mir! Auf der Schtelle!

Ernst: Muaß des sein, daß i dir des sag?

Paul: Ja. Es interessiert mich in privater Hinsicht! Nein, es interessiert mich nicht. Paß auf, ich erzähl dir meine Geschichte. Wo soll ich anfangen? Sag schön. Wo?

(Er rappelt sich hoch.)

Mein Vater war auch ein Millschulfessor. Und er war ein Nazi! Er war sogar bei der SS! Ja, er war bei der ehschowissen! War er. In einem Konsensionslager! Er war eine Bestie!! Nein, er war keine Bestie. Er war ein Mensch. So wie du und ich, und das is das Fürchterliche. Ich bin nasional erzogen worden. Ein deutscher Knawe war ich. Verstehst du mich? Ich hab müssen strammstehn. Stundenlang!

(Er setzt sich zu Ernst, trinkt.)

Paul: Ich bin verklemmt. Und das mit Recht. Aus deiner Asche. Warum nicht? Zermalme mich! Ich war auf der Napola!!!! Weißt du, was das ist? Die Schule für Säuremörder! Verstehst du mich?????

(Ernst steht auf, er hält das nicht aus.)

Ernst: Ja! Aber bitte brüll net so! Es rennt ja gleich des ganze Haus zsamm!

Paul: Dasmiregal! Jetzt muß es gesagt sein! Hier und jetzt!! Wo is der Wizki?

Ernst: In deiner Hand!!!!

Paul: Psssst. Komm her. Hör mir zu. Sonst liegst du da wie ein Knabe dann!! Verstehst du? Du mußt mir jetzt zuhören . . . Ich habe das alles noch nicht bewältigt! Das ist nicht so einfach, verstehst du? Das is kompliziert! Aber du kannst mich zermalmen, wenn dir darnach ist, Knabe! Wo ist der Wizki?

(Ernst deutet nur auf die Flasche in Pauls Hand. Er nimmt ihn um die Schultern.)

Ernst: I waß net, ob du no aner Vernunft zugänglich bist. Aber des find i ungeheuer positiv, daß du mir des alles sagn kannst. Vielleicht bist es dann los?

(Paul springt auf, steht stramm.)

Paul: Jawoll!

Ernst: Der Alkohol hilft dir vielleicht.

Paul: Jawoll!

Ernst: Nur halt i des für ka Lösung, wann du jetzt zum Saufen anfangst. Oder?

Paul: Keine Angst! Das passiert nicht. Ich bin ein glühender Antialkoholiker. Wenn ich mir auch heute eine diesbezügliche Vergiftung hole, dann bin ich mir der Tragweite meiner Handlung völlig bewußt! Und ich werde mich immer so weit in der Hand haben, wie es einem Mittelschulfessor gesiemt!

(Er stolpert rücklings übers Podium, erfängt sich aber gerade noch.)

Paul: Ich werde immer eine gewisse Haltung bewahren! In elitärer Hinsicht!

(Er steht jetzt auf dem Podium, Ernst rückt ihm den Sessel zurecht. Er setzt sich hinein.)

Und wenn ich mich erhebe . . . ich bin gefällt worden. Aber das macht mir nichts aus. Noch bin ich ein Säuremörder!

(Er trinkt.)

Potentiell sind wir alle irgendwo Mörder! Der einzig wirklich gute Mensch war . . . Jesus Christus! Und der ist nicht mehr unter uns. Und wenn, dann nur als Fiktion! Was uns und den anderen zu denken geben sollte. Prost, Ernst!

(Er schenkt Ernst nach und trinkt selbst auch.)

Neue Wege eröffnen sich dem Blinden. Erzieher sind nötig!

(Er holt mit der Flasche aus und fällt rücklings mit dem Sessel auf Ernst. Der fängt ihn ab und versucht, ihn wieder aufzurichten.)

Mann über Bord. Hoppla! Jetzt komm ich.

Ernst: Du vertragst den Whisky net! Des is ka Gaugau, glaub mir des!!

Paul: Ha, das war jetzt ein Sturz!

Ernst: Den hauts da hin! Des is a Waunsinn! Was mach i denn jetzt mit dem?

(Er bringt Paul zum Liegen auf der Bank. Er selbst bleibt davor stehen.)

Paul: Inwiefern interessiert dich meine unbewältigte Vergangenheit?

Ernst: Dei unbewältigte Vergangenheit is mir wurscht!!!

(Paul rappelt sich aus der liegenden Stellung zum Sitzen hoch.)

Paul: Das darfst du nicht sagen, Pursche! Die Vergangenheit darf einem nie egal sein! Das Wichtigste an einem Menschen ist seine Vergangenheit! Willst du wissen, warum? Hihi! Weil er die Zukunft noch nicht kennt!

(Er nimmt seine Brille ab und hält sie vor sich hin.)

Paul: Die Zukunft ist was rein Zufälliges.

(Ernst nimmt ihm die Brille ab und legt sie zum Plattenspieler.)

Das Schicksal hingegen ist etwas, was . . .

Habe ich mich am Hinterkopf verletzt? Schau her, blute ich?

Ernst: Na, du bliatst net.

Paul: Dann is es gut.

(Er findet ein Kissen und stopft es sich unter die Weste.)

Hihihihi! Meine Frau ist wieder schwanger!

(Er steht auf und spielt seine schwangere Frau.)

Ich bin nicht der Vater! Ich bin ein Eremit, der sich besäuft! Auch gut! Und meine Schüler sollen mich!

(Er wankt und setzt sich wieder hin.)

Ich kann über manche Schranken nicht hinweg!

Selbst der Whisky hilft mir über manche Barrieren nicht hinweg. Es ist zum Kotzen.

(Er beugt sich über die Lehne.)

Ernst: Aber bitte, net da herin! Sei so guat, herst! Positiv is des net, was mir da tan! Is a egal.

Paul: Land in Sicht!

(Er ist auf der Bank aufgestanden.)

Amerika! All unser Übel kommt von dort!

(Er trinkt wieder.)

Ist das gut!

(Er steigt wieder von der Bank herab. Ernst sitzt auf dem Ofen, Paul umarmt ihn.)

Ernsti, hilf mir! Was können wir tun? Was könnten wir anstellen, daß eine außergewöhnliche Situation entsteht?

(Er blickt sich verzweifelt im Raum um, greift sich dabei auf das Kissen, das immer noch unter seiner Weste steckt.)

Paul: Ich könnte ein Kind kriegen!

Ernst: Aber das kannst du nicht!

Paul: Aber das kannst du nicht! Was kann ich denn überhaupt? Schüler tyrannisieren! Meier! Geben Sie das Reagenzglas her! Ich hab geglaubt, ich hab a neue Reaktion, dabei schütten sie mir eine Tinte ins Reagenzglas und i steh da wie ein Trottel mit meinem Lackmuspapier!

(Er nimmt einen tiefen Zug aus der Flasche.)

Ernsti, ich fühl mich wohl! Prost! Wizki schmeckt eigentlich immer ein bißchen nach Benzin, aber die Wirkung . . . rummmmmmm.

(Er setzt sich aufs Rad, Ernst ihm gegenüber aufs Podium.)

Ernst: Paß amal auf, Pauli!

(Er nimmt ihm die Flasche ab.)

Kann i di allan umeschicken, zu dir? Bist du dazu imstand? Weil a vernünftiges Gespräch kommt mit dir heut eh nimmer zustande. Und wennst dein Rausch ausgschlafn hast, kennst mi eh nimmer. Weil dann bist wieder der alte Bürger, der die Schulheftln mitm Lineal aufeinanderlegt. Der klane Ausbruch wird dir monatelang zu schaffen machen, des sag i dir!

Paul: Frevle nicht, Pursch!

(Er rappelt sich mühsam auf.)

Die Revolution ist noch nicht vollendet! Ich, Paul Hebenstreit, gehe jetzt zu Fuß auf die Barrikaden! Ich werde mich durchsetzen! . . . Es ist kalt hier, wir wollten einheizen . . . Ich bin ein Altrevolutionär der bürgerlichen Revolution! Ich werde mich wahrhaft durchzusetzen wissen! . . . Wir heizen meine reaktionären Bücher ein! Ha?

(Er macht sich am Ofen zu schaffen.)

Ernst: Bist gscheit? Hör auf, herst! Laß den Ofen in Ruah!

Paul: Nix! Ich fang jetzt erst an! Ich heiz alles ein! Den Staat, die Richter, die Rechtsanwälte! Machst mit? Ich befehle dir, mitzumachen! Oder du wirst von mir an die Wand gestellt! Ich werde meine Vergangenheit wiedergutmachen! Ich revoltiere gegen die Ordnung und gegen die Unordnung gleichzeitig! Schnell einen Schluck, damit die göttliche Eingebung nicht verfliegt!

(Er nimmt einen tiefen Zug.)

Hol meine Bücher, Knecht! Feuer!! Hihihi! Hol sie! Das ist ein Befehl!! Ich bin General! Ich befehle eine Bücherverbrennung. Ein Inferno im großen Stil! Ernst, wenn du mein Freund bist, holst du meine Bücher von drüben.

Ernst: Bitte, wennsd glaubst, dann hol i deine Biacher!

(Er sieht ihn drohend an.)

Mach a Feier, Pauli. Pauli!! Schau mi an!

(Paul dreht sich ruckartig zu ihm, steht stramm.)

Paul: Jawoll!

Ernst: Weil, wann i's jetzt hol, dann verbrenn mas wirklich!

(Er geht rasch in Pauls Wohnung und beginnt dort, Pauls Bücher zusammenzuraffen. Paul ruft ihm nach, versucht dann, Feuer zu machen, was ihm aber nicht gelingt.)

Paul: Wer sagt, ich scherze? Ich will kein Buch mehr sehen! Alles Übel kommt aus den Büchern! Ich will nie mehr etwas lesen! Auf meinen Barrikaden brauch ich keine Bücher, punktum!

(Er reißt sich die Krawatte vom Hals und wirft sie in den Ofen.)

Ich brauche keinen Strick um den Hals mehr. Kein Kroatentuch! Kein Krawattentuch!

(Er richtet sich mit Mühe wieder auf.)

Der Schnaps geht lediglich in die Beine, im Gehirn herrscht absolute Klarheit! . . . Was wird nun in meiner vertrottelten Schule los sein?

(Ernst hat nun alle sichtbaren Bücher auf einen Haufen zusammengetragen.)

Ernst: Wann der morgen aufwacht, der wird si wundern! Wie sich ein Mensch nur so ändern kann! I glaub, des is net nur der Alkohol, der macht des mit Absicht.

(Er nimmt den Packen Bücher auf und begibt sich wieder in seine Wohnung, wo Paul versucht, mit Hilfe von Zeitungen den Ofen zu heizen.)

Paul: Die einen sind schwarz, die andern sind gelb, die dritten sind rot und blau und grün. Ich brech mit allen! Aus mir wird etwas!

(Er verliert seinen Polster.)

Halt! Ich hab mein Kind verloren!

(Er stopft den Polster wieder unter seine Weste.)

Da gehörst du hin! In den Schwang! . . . Ein Feuerchen machen wir, und dann verdunkeln wir das Zimmer.

(Er nimmt Ernst das erste Buch ab.)

Was ist das für ein Buch? Die Geschichte des zwanzigsten Jahrhunderts. Verbrennen!

(Er wirft es in den Ofen, nimmt das nächste Buch zur Hand.)

Der Wiener Neustädter Kanal! Ins Feuer!

Ernst: Da is no was!

Paul: Das gehört mir nicht! Was ist das? Laß mich lesen. Max Reinhardt in Salzburg. Sehr richtig, in den Ofen! Thomas Mann, in den Ofen! Und Mary Stirnemann Zisset in den Ofen! Ach wie gut, daß niemand weiß, daß ich . . . Bruno Brehm, ins Feuer! Wart, hol den Mann wieder raus! Wo ist der Zauberberg! Noch nicht verbrennen! Der Zauberberg ist da drin! Oh, noch nicht den Zauberberg in Brand stecken!

(Er will das Buch herausholen, es raucht fürchterlich, beide husten.)

Paul: Das ist wie in einem Krematorium! Ich lösche mich aus! Ich verheize mich und meine Jugend in dem Moment! ... Ernstl, Ernst! Sag, daß dir vor mir graut!

(Ernst ist zum Fenster gegangen, um es zu öffnen.)

Ernst! Wo bist du? . . . Bitte, bleib da! Laß den Unsinn! Ich brauch dich doch noch! Ernstl! Spring nicht hinunter!!

(Er versucht, Ernst vom Fenster wegzuzerren.)

Ernst: Ich tua doch nur lüften, du Aff! Glaubst, i mecht an deine Biacha dersticken, oder was?

(Paul läßt von ihm ab.)

Paul: Du willst dich nicht umbringen? Schade. Du! Ich will mich umbringen! Ich werd mein eigener John Hey!

(Er tut einen tiefen Zug aus der Flasche. Es dreht ihn zusammen, er setzt sich aufs Podest.)

Ein Schluck Schwefelsäure, nix! Schnaps! Die Realität haut mich zusammen! Ernsti, bring dich mit mir um! Oder bring mich und dann dich um! Oder machen wir es wie die Menschen, bring ma uns gegenseitig um! Rott ma uns aus!

(Er trinkt wieder.)

Schmeckt wie Benzin! Verbrenn ma uns! . . . Was sagst du? Irgendwas stimmt nicht mit meinen Augen. Ich seh dich viermal statt dreimal! Was hat das zu bedeuten? Du bist auf einmal ein ganzes Heer! Mir wird jetzt dann übel! Meine Revolution ist nunmehr von Übelkeit begleitet. Du, ich bin ein guter Mensch. Ich hasse die Jäger und liebe die Hasen . . . Ich habe über die Stränge geschlagen . . . Was ist los mit den Büchern?

(Ernst hat sich in die entfernteste Ecke der Bank gesetzt.)

Ernst: De san hin.

Paul: Wieso sind die hin? Ach ja, ich habe es dir befohlen ... Jetzt gehts mir wie der Weltordnung. Jetzt habe ich umgerührt und um mich geschlagen, und jetzt ist mir schlecht.

(Er flüchtet sich zu Ernst auf die Bettbank.)

Bitte, Ernst, feuer ihnen eine Breitseite in meinem Namen, wenn ich nicht mehr bin. Ich muß dich nun verlassen!

(Er torkelt auf und will hinaus, fällt aber vom Zimmer in die Küche.)

Laßt mich nicht so allein. Wo sind denn alle?

Ernst: Es san nur mir da.

Paul: Sind nur wir da. Blödsinn! Wo ist das Klo?

(Er versucht, sich aufzurichten, fällt dabei hintüber. Ernst will ihm helfen.)

Ernst: Herst, bittich, paß auf, du!

(Er fällt nun ebenfalls zu Boden.)

Paul: Das war gefehlt. Nun liegst du bei mir, Agnes!

(Ernst will aufstehen, Paul umarmt ihn.)

Ernst: Reiß di zsamm! I bin net dei Agnes.

Paul: Du bist undankbar! Ich mache die bürgerliche Revolution für dich, ich entferne mich für dich von meinem Weltbild, und du verschmähst mich!

(Er beginnt zu weinen.)

Hilf mir!!

(Ernst schnappt ihn und führt ihn auf die Toilette. Er bleibt an die Tür gelehnt stehen, während Paul drinnen deklamiert.)

Paul: Die Luft ging über die Felder, die Ähren wogten sacht, es rauschten leis die Wälder, so sternklar war die Nacht. Und meine Seele spannte weit ihre Flügel aus, flog durch die stillen Lande, als flöge sie nach Haus.

(Man hört einen dumpfen Fall, Ernst reißt die Tür auf, Paul liegt auf dem Boden. Ernst hebt ihn hoch und schleppt ihn in seine Wohnung, wo er ihn unter die Brause stellt und mit kaltem Wasser zu erwecken sucht.)

Ernst: Wach auf, herst! Net, daß'd ma krepierst! Wach auf! Der rührt si net.

(Da Paul keine Reaktion zeigt, läßt ihn Ernst auf einem Kübel unter der laufenden Brause sitzen, läuft in Pauls Wohnung, nimmt den restlichen kalten Kaffee und kommt zurück. Er versucht, dem immer noch reglosen Paul den Kaffee einzuflößen.)

Ernst: Da, trink! Trink, sag i, oder i derschlag di! Trink! Steh auf, steh auf!!!! Und trink des jetzt!!

(Er schlägt auf Paul ein, der allmählich zu sich kommt.)

Paul: Hol mich nicht zurück, Agnes, bitte, laß mich!

Ernst: Sauf des jetzt und halt die Pappn! Trink, sag i!!

Paul: Hol mich nicht zurück, hol mich nicht!

Ernst: Des wird jetzt trunkn! I hab die Revolution satt! I mag nimmer, verstehst! I will in Frieden lebn! Frei! Ohne Angst! Da, trink, und di gibts nimmer! Du Sonntagnachmittagsrevolutionär, du! I werd di niederhaun, verstehst! Du findst nämlich gar net statt! Horch mir zua! Du findest nicht statt!! Du bsoffener Hund, du! Wach auf, herst!

(Er schlägt auf ihn ein, Paul steht benommen auf, steigt aus der Brausetasse, reicht Ernst das Kissen aus seiner Weste.)

Paul: Meine Reise geht dem Ende zu. Schade, es wär so schön gewesen, aber man läßt mich halt nicht. Ich hab einmal eine Nacktschnecke vom Weg in den Wald getragen, daß niemand sie zertritt . . . Ich hab Kopfschmerzen. Haben Sie vielleicht ein Aspirin? Es ist alles naß hier. H_2O. Was wollt ich denn? Ins Wasser? Meine Kleidung?

Ernst: Wirst jetzt nircht? Kennst mi no? Mir habn uns vor aner Stund versöhnt, Pauli.

Paul: Ich kann mich nicht entsinnen, mit Ihnen per Du zu sein. Wo ist meine Brille? Sie haben mich mißhandelt.

(Ernst geht um Pauls Brille.)

Ernst: I hab doch ka andere Chance net ghabt, daß i di derrett! Du warst ja nahe an einer Alkoholvergiftung.

Paul: Bitte, geben Sie mir ein schmerzstillendes Pulver.

(Ernst reicht ihm die Brille, Paul setzt sich auf die Bank.)

Wenn Sie in meine Wohnung gehn, auf dem Schreibtisch, unter dem Fenster liegt eine Schachtel. Bitte, bringen Sie mir auch ein Glas Wasser. Sie müssen mich geschlagen haben. Das werden Sie noch bereuen. Es hat keinen Sinn gehabt, mich mit Ihnen vertragen zu wollen. Sie haben meine Großmut mißbraucht! Sie sind ein Verbrecher. Holen Sie mir jetzt die Tabletten, oder wollen Sie mich foltern?

(Ernst geht wortlos und kommt mit den Tabletten zurück.)

Ernst: Da.

Paul: Und das Wasser?

Ernst: Moment. I brauch a mei Zeit.

(Er bringt ihm ein Glas Wasser. Paul nimmt die Tabletten, steht auf und geht in die Küche zum Spiegel.)

Paul: Wie seh ich denn aus?

Ernst: Wie a ernüchterter Bsoffener! Wie ein Alleinpersonenhaushalt, der den wachsenden Grad der Vereinsamung des heutigen Menschen dokumentiert!

Paul: Was soll das heißen?

Ernst: Mir können die Einsamkeitsgefühle nicht überspielen. Mir habn sie! Drum hamma versucht, miteinander auszukommen. Mir bleibn alla, und des is a guat so. Sie handeln wie aner, der rauschgiftsüchtig is! Sie wollen sich pausenlos über Schmerzen hinwegsetzen, und setzen sich hinein.

Paul: Wer hat schon gern Schmerzen? Aber was es auch sei, Ihnen entdeck ich mich nicht mehr.

Ernst: Des is a net notwendig, weil des Leben allein derf ka Revolution darstellen oder a Trotzreaktion, so wie Sie des in Ihrer bürgerlichen Schlichtheit gern hättn. Na na.

Paul: Wo ist meine Krawatte?

Ernst: Die habn Sie, Herr General, während der Revolution als überflüssig empfunden und verbrennt.

(Paul geht zum Ofen, nimmt die verkohlte Krawatte heraus.)

Paul: Was bin ich nur für ein Mensch.

Ernst: Auf alle Fälle kein Säuremörder.

Paul: Was unterstehn Sie sich?

Ernst: Wieso? Des is doch von Ihnen.

Paul: Wann soll ich das gesagt haben?

Ernst: Der John Hey . . .

Paul: Der John Hey war ein Engländer. Ich kann gar nicht englisch. Was wurde hier verbrannt?

Ernst: Sie, Herr General, haben eine Bücherverbrennung angeordnet und haben Ihre Bücher eingeäschert.

(Paul nimmt ein verkohltes Buch aus dem Ofen.)

Paul: Das wird ein Nachspiel haben.

(Er nimmt seine Aktentasche, geht in die Küche und holt sein Sakko und seinen Mantel.)

Wir sprechen uns noch, adieu!

(Er will im Zimmer die Ausgangstür finden.)

Ernst: Dort ist der Ausgang.

(Paul geht in die Küche und findet die Tür. Er geht in seine Wohnung. Sein Telefon läutet schon seit einiger Zeit. Als er abheben will, verstummt es. Er entledigt sich der nassen

Kleider, zieht ein frisches Hemd an und kämmt sich. Ernst hat in der Zwischenzeit gelüftet, den Ofen in Ordnung gebracht und die LP von Suzi Quatro vom Plattenspieler genommen. Er gibt sie in die Hülle.)

Ernst: Mhm, the race goes on!

(Dann nimmt er sein Textbuch, geht in die Küche, dreht das Licht ab und geht. Im gleichen Moment ist auch Paul an der Tür. Er hört Ernst, schließt seine Tür und wartet, bis er gegangen ist. Dann geht er ebenfalls.)

BLACKOUT